JN059668

ユーチューバー

村上龍

幻冬

ユーチューバー

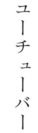

目次

ブックデザイン　鈴木成一デザイン室

ユーチューバー

1

赤い車がホテルの玄関先に駐まっているのを見た。わたしは車に詳しくないが、とてもきれいな赤だと思う。ポルシェとかそういう車かも知れない。彼は、ホテルにいるのだ。季節は秋で、時間は夕方の五時ごろだった。彼は、七十歳になったばかりの有名な作家だ。わたしは、一度だけいっしょに、彼の部屋でワインを飲んだことがある。その前に、ホテルのプールでいっしょになったことがあり、わたしは自分のことを「世界一もてない男」だと自己紹介したのだが、彼はそのことを覚えていた。あなたは、確か、日本一だったか、世界一だったか忘れたけど、もてない男でしたね、とわたしのことを言った。

彼は、選ばれた人だけが泊まるフロアにいる。彼に会うためには、わたしもそのフロアに泊まらなければいけない。今日は何としても彼に会う必要があった。大事な話をしなければならない。わたしは、決心した。すでに会社も辞めた。さまざまな種類のお茶を売る会社で、わたしは創業者の子孫だったのだが、辞めた。創業者のひ孫ということで、役員をしていたのだが、辞めざるを得なかったのだ。退職金や一時金の類いもいっさいなく、株をもっていたのでいくばくかの資金はあったが、四十前の男が、独立を果たしたのだ。気分は高揚していた。会社に残る連中は哀れな気がした。お茶のネット販売が成功していて、会社は儲かっていたが、男がやる仕事ではないと思った。世界一もてない男だけに、妻子もいないし、彼女もいない。

わたしは、ホテルにチェックインした。特別なフロアに泊まる。今夜は絶対に彼に会う必要があるのだ。

2

夜、製氷室のある階で彼を待った。だいたい十時過ぎに現れる。ただの製氷室なのだが、特別なエレベーターでしかアプローチできない場所なので、椅子が用意してある。豪華な椅子ではないが、センスがいいように思う。わたしはその椅子に座り、彼を待つのが好きだった。製氷室に現れないことも多かった。だが彼と何となくつながっているような気がして、待った。

「あ、こんばんは」

　エレベーターが開き、彼が姿を見せたので、声をかけた。

「また会いましたね」

　彼は、そう言ったが何となく元気がなかった。そう言えば、いつもいっしょにいる三十代か四十代か五十代の女性がいない。今日はお一人なんですね、と言おうかと思って止《や》めた。そういうことは言わないほうがいいような気がしたのだ。アイスペールに氷を詰め、彼はエレベーターのボタンを押そうとしたが、あの、ぼくがユーチューバーになるって話を前回したかと思うんですが、と意を決して、わたしは言った。

「そう言えば、ゼレンスキーの話をしてから、そういう話をしたね」

　彼は、よく覚えていた。ウクライナのゼレンスキーがいかにインチキかの話をしてから、ユーチューバーのことを言った。彼は、わたしが世界一もてない男だとプールで言ったことも覚えていたし、記憶力がすごいと思った。

「わたしがなりたいユーチューバーというのは、その辺にいる連中とかと違うんです」

わたしはそう言った。彼は、アイスペールを持ったままだったが、聞いてくれた。

「ユーチューブも年寄りのものになりつつあります、FB、つまりフェイスブックやインスタグラムはもう完全に年寄りのものです。だからチャンスなんです。年寄りのものになりつつあるってことを自覚しているユーチューバーはいませんから」

「よくわからないな、ちょっと部屋に来る?」

3

彼の部屋に行くと、三十代か四十代か五十代の女性がいなかった。この時間、たいていは女性がいる。病気なのかなと思い、部屋を見回した。彼は、赤ワインを開け、わたしのグラスにも注ぎながら、彼女は今夜はいないんだよ、と言った。

「客の相手をしてるらしいんだけど、いや、実際に会っているわけじゃなくて、客の頼みを聞いているんだ。資産家の頼みって、けっこう面倒で、何百億って、資産があるくせに、一袋千円のおかきを頼んだりするらしいんだ」

彼女の仕事は、銀行で、資産家の相手をしているということだった。カウンターでお札を数えたりする仕事ではなく、自分の部屋を持ち、富裕層の客の相手をしている。いろいろな仕事があり、たとえば絵画や家具の手配をしたりしているらしい。わたしが聞いたわけではなく、彼と女性の話から、推測するとそういうことになる。

「百貨店の外商に似てるんだけど、甘え合うんだ。それが日本の金持ちの特徴なんだけど、おれはあまり好きじゃない。でも、彼女の仕事だからしょうがない」

彼はワインを飲みながら独り言のように言った。彼女がいなくて寂しいのかなと思うが、よくわからない。間違いないのは、寂しいんでしょうね、と言ったりしたらもう、アウトだということだ。わたしたちは、カーテンが開いた大きな窓がある部屋の、中央にあるソファに座っている。上品な布張りの、六人掛けの大きなソファで、全体が半円形というか、不思議な形をしていて、隙間が空いている箇所に巨大なＴＶモニタがあり、前回は音を消した映像が流れていたが、今夜は消えている。わたしは、何も話さないことで、彼が発する威圧感のようなものを感じた。女性がいない分、彼の存在感が際立つような気がする。何しろ彼は著名な作家で、それをひけらかすような態度はいっさいない。ごく普通にわたしに接している。それが逆に存在感を生む。

　この存在感が欲しいんだけどな、とわたしは思う。

4

「何の話だったっけ」

　彼がそう言った。

「ユーチューブです。て言うか、ユーチューバーですけど。ユーチューブはよく見ますか」「見るよ。でも、飽きてきたな。テニスのゲームを見るな。ハナ・マンドリコワって、知ってるかな」

　テニス選手の名前なのだろうが、心当たりがなかった。テニス選手はまったくわからない。知りませんとわたしは答えた。

「もう昔の選手になっちゃったからな。あなたは年代的にどのくらい若いの？」

もうすぐ四十歳になりますと言った。本当はもうすぐ三十八歳だったが、それほど詳細な歳を聞かれたわけではないと思った。

「四十歳か。若いのかな。若くないかも知れないな。ぼくは二十四歳でデビューしたからな。今の人は、二十四歳というと、まだ子どもだもんな。なんでこういう世の中になったのかな。わからないな」

彼はいつものように赤ワインを飲む。決してがぶ飲みはしないのだが、わたしよりも飲むペースが速い。いやわたしが遅すぎるのかも知れない。わたしはワインを飲み慣れていない。そもそも酒は弱いほうだ。彼は夕飯を済ましたのだろう。つまみに、チーズを食べている。わたしは、ホテルのレストランに一人で行くのが、少し怖いので、コンビニで夕食を買って食べた。卵焼きと、のり弁だったがけっこうおいしかった。

「ハナ・マンドリコワって選手がいたんだ。シュテフィ・グラフを知ってるかな。グラフは、十三歳でデビューしたんだけど、ハナ・マンドリコワもデビューはそのくらいだった。でも、グラフよりも、七歳かな、年上だった。この二人が一九八六年の全仏オープンの、クォーターファイナルで対戦したんだ。ぼくは、実際にその試合を見ていた。現地でだよ。グラフは十六歳で、ハナは二十四歳だった。わかるかな。美しい試合だったんだ。今の女子テニスは、つまらないから、見なくなったけど、バックハンドはダブルハンドなんだよ。両足を広げて、腰をかがめ、筋肉にまかせて打つ。モニカ・セレシュやマルチナ・ヒンギス、それにシャラポアは、まだいい。でもウィリアムス姉妹は、だめだった。セレナが強いのはわかるよ。でも、ゴリラみたいだろう。それで、グラフとハナの試合は、バックハンドがシングルハンドで、背筋が伸びていて、二人とも足が長い。グラフは身長が一メートル七十六センチで、ハナは一メートル七十三センチだった。グラフは鼻が大きかったけど、まあ美人だった。ハナはとても可愛かった。その二人が、コートにいたんだ。ぼくは、当時テニス好きの作家として知られていて、一九八六年には、グランドスラムの大会を全部見た。いい試合をたくさん見たけど、グラフ対マンドリコワの試合は、その中でも、最高だった。わからないだろうな。でも、その試合は、フルでユーチューブで見たな。ほとんどの試合はハイライトで済ますけど、フルで見たよ」

5

「今、ユーチューブで見るのは、昔のテニスだけかな。それも、見なくなったかな。おれは、一九八五年から、一九八七年くらいまで、テニスを見てたんだ。そのあと、キューバ音楽を好きになって、キューバに行くようになった。キューバ音楽って言っても、誰も興味を持ってくれないけどね。キューバ音楽って、ジャズとかと同じで、体系なんだよ。まあそんなことを言っても誰も理解してくれないけどね」

わたしは、セレナ＝ゴリラとメモを取った。メモを取っていると、何をしているんだ、と彼に言われた。すみません、興味深いことを話されたときにメモを取るようにしたんです、いやなら止めます、そう弁解した。

「いやだから止めてくれ」

彼にそう言われて、メモとペンを仕舞った。

「だって、インタビューを受けているみたいだ。ごく普通に話そう」

はい、すみません、すみませんでした、わたしは謝った。メモを取るようにしたのは、日経ビジネスのオンライン記事に、そういうことが載っていたからだ。他人の話をぼーっとして聞くのではなく、メモを取ろうというようなことを言う識者がいた。その通りだと思ったのだった。でも、彼はそういったことがいやみたいだった。すみませんでした、とわたしは何度か謝った。

「謝る必要はないよ、ところで、もともとは何の話だったんだっけ。最近は、そんなことを忘れるようになった。脳がアルコール漬けになっているみたいだ。確か、ユーチューブの話だったな。君は、ユーチューバーになるんだって言ってたけど、ユーチューバーというのはユーチューブを作る人だろう。ユーチューブ作ったのかな」

はい、作りましたと言って、記憶がこみ上げてきた。いやな記憶だった。

「その、あんまり思い出したくない記憶なんです」

そう言って、笑顔を作ろうとしたが、うまく作れなくて、自分でも変な顔になってしまった。笑顔が途中で壊れたような表情だ。彼は、別に興味がないという感じでわたしの顔を見ていた。わたしは自分の部屋に戻るべきだろうか。ユーチューバーについて語りたいと言いながら、思い出したくない記憶だと言った。矛盾している。彼は矛盾した人間は嫌いだろう。しかしわたしは、何をしているのだろうか。凍り付いたような笑顔で、彼と対峙《たいじ》している。だが彼は、こう言ってくれた。

「話したくないことは話さなくてもいいいんだよ」

そう言って微笑んだ。

6

「実は」

わたしは語りはじめた。実は、といっても大した話ではなかった。

「ユーチューブのプログラムを作ったんですが、結果的にダメだったんです。誰も見ようとしなくて、つまらなかったみたいです」

そう話すと楽になった。どんなプログラムだったのかな、と彼に聞かれて、一気に話した。ゼレンスキーがテーマだったということ。ゼレンスキーがいかにインチキだったかを示そうとした。わたしが自身が話した。ゼレンスキーはわたしと背格好が似ていること。そういった人間は信頼できないということ。ヒゲを生やしているが、それもインチキであることを隠そうとしている証拠であること。ゼレンスキーが、国際人権団体アムネスティ・インターナショナルのアニエス・カラマール事務総長の辞任を求めて請願活動を開始したこと。きっかけは、アムネスティが報告書でウクライナ軍を批判したこと。八月初旬に発表された同報告書は、ウクライナ軍が国際法違反の戦略を取っていると指摘。市街地に陣地を置くことで「市民を危険にさらしている」としたのだが、ゼレンスキーが猛烈に反発して、アムネスティ・インターナショナルのアニエス・カラマール事務総長は謝罪した。似たような事例がいくつもあること。ゼレンスキーはまるで正義を代表しているかのような態度を取っていること。でもしょせんは喜劇役者に過ぎなくて周囲に優秀な連中がいて連中が演出しているということ。資金と武器をくれとイギリスやアメリカやドイツにしきりに言っているが金を払うわけでもなくもらうのが当然だという顔をしているということ。それに、自国民を四百万人以上難民にして平気なこと。

「ということを話したんですけど、誰も見ようとはしなくて」

と言うと、彼はどのくらい話したのかなと聞き、二時間四十二分でしたと言うと、長すぎたんじゃないのかなと、ワインを飲みながら、真剣な表情で言った。

わたしたちは、二本目のワインを飲んでいる。つまみはチーズと生ハムだ。これもローヌのワインなんだよと彼は教えてくれたが、ローヌというのが土地なのか、メーカー名なのかも知らない。今日は、わたしもいつもよりワインを飲んでいる。自分で興奮しているのがわかる。ゼレンスキーに関して三時間近く話しても誰も聞きたいとは思わないだろうということはわかる。そうだ、せめて二十分、いや五分くらいに短くすればよかった。でも、わたしはなぜゼレンスキーのことがこれほど嫌いなのだろうか。わたしと姿形が似ているからだろうか。確かにそれは言えるが、それだけではないと思う。

なぜわたしはゼレンスキーのことが気になるのでしょうかと彼に聞いた。

「世界の英雄みたいになってるけど、偽物だと思っているからじゃないのかな。でも、わかるよ。他のほとんどの人が知らないけど、実際は違うってことが、頭に来るんだよ。おれが小説を書くのも、そういった怒りなんだよ。もう頭に来て、そのへんのものを全部壊してしまいたくなるけど、壊してもしょうがないから、書くんだよ」

7

わたしは啞然とした。怒りで小説を書くのかと驚いた。確かに、意味はわかる。怒り以外には考えられない。でも、何か別のもののような気がしていた。うまく言えないが、鎮魂とか、救済とか、そういったものだ。

そのあと、二人とも黙った。彼が黙るのはわかった。彼は話すことがないときは絶対に無理して喋《しゃべ》ろうとはしないからだ。さすがにワインを飲むペースが緩くなった。わたしは部屋に二人きりなのがプレッシャーになっている。いつもは、三十代か四十代か五十代の女性がいっしょだが、今夜は違う。何か話さなければいけないと思うが、何を話せばいいのかわからない。何かを話さなければいけないが何を話せばいいのかわからない、という状況が苦しいのだと知らなかった。息苦しさを覚えた。わたしは、もっとも興味があることを、意識しないうちに話しだした。自分でもびっくりした。

「あの、ユーチューブに興味が残ってますか。飽きたんでしょうか」

興味は残ってるよ、彼はそう言った。

「飽きたけど、興味は残ってる」

「ご自分で、作ってみようとかは、思わないでしょうか」

そう言って、心臓が口から飛びだしそうになった。そういうことを言うために今夜会ったわけではない。だが、どこかで、夢見ていた。作家、矢崎健介《やざきけんすけ》がユーチューブで語る、それをわたしがプロデュースする。それができたら、全財産を注ぎ込み、自分はどうなってもいい。

「いいよ」

信じられない答が返ってきた。彼は、確かに、いいよと言ったのだ。だが、いいよというのはどんな意味なのだろうか。ユーチューブに自らが出演することを、いいよと言ったのだろうか。

「いいよっていうのは、ユーチューブに出演するってことですよね」

そう聞いたら、そうだよ、という答が返ってきた。わたしは、口がからからに渇いて、二の句が継げなかった。

「どんな話をすればいいですかね」

そう聞いた。どんな話でもいいと思った。世間話とか、ライブエッセイのようなものでも、注目は集められるだろう。

「おれは、最近、思い出すことがあるんだ。それは、これまで付き合ってきた女たちなんだけど、それをよく思い出す。なぜかわからないけど、細かいことまで、思い出してしまうんだ。なぜかよくわからない。それを話すっていうのはどうかな」

それはとてもいいと思います、そう答えた。

「タイトルですが『矢﨑健介、女性遍歴を語る』で、どうでしょうか」

いいよ、と彼は答えた。刺激的だ。これ以上、刺激的なことはない。

8

彼がわたしの住居に来ることになっている。どこで撮影するのかと彼が聞いて、わたしの自宅でもいいでしょうかと言うと、いいよと簡単に了解した。

わたしの住居は、西新宿の彼のホテルに近い。詳細な地図と、電話番号を渡した。

ただし広くはない。彼のホテルの部屋に比べると、天井も低いし、間取りも狭い。二間しかなく、一つの部屋も六畳間しかない。エレベーターはいちおうあるが、ひどく狭い。同じようなビルが密集した区域にある。ちなみに駐車場はない。例のポルシェのような車で来られるとやばいと思い、駐車場がないこと、それに同じようなビルが並んでいてわかりづらいということは何回も言った。

昔はもう少し広い部屋に住んでいた。床もフローリングで、十二畳のリビングと、八畳の寝室があった。場所も、代々木に近く、環境もよかった。今の住居に移り住んだのは、仕事のせいだ。ユーチューブをやるからには覚悟を決めないといけないと、狭く、築三十年近いマンションに移った。だいたい前のマンションは、会社が負担してくれていた。わたしは創業者のひ孫にあたるので、大事にされていたのだ。仕事も大したことはやってなかった。人事に籍を置いていたが、適当に人を評価していた。会社ではリスペクトもなく、金食い虫という評判だった。それで、辞めるというと、みんな喜んだ。会社からは、雀の涙ほどの退職金と、それなりの株式が渡されたが、そんなものどうでもよかった。わたしには、ユーチューブをやるという、わたしにとっては崇高な目的があったからだ。

ただし、株式は重要だった。スタッフを雇い、機材を揃える資金になったからだ。スタッフといっても、カメラマンが一人いるだけで、機材といっても、ハイビジョンカメラが二台あればよかった。撮った映像の編集は、スタッフに任せた。編集といっても、単にゼレンスキーについてわたしが話したことを、そのまま映像にしただけだった。今回は、そういうわけにいかないと思った。六畳間一つを、スタジオにして、もう一つの六畳間を生活空間にしていたが、二つはごちゃまぜになってしまった。彼を呼ぶにあたって、まずそういったことから直していかなければと思った。

彼が、来るのは、一週間後だった。もう期間がない。なぜもっと余裕をもったスケジュールにしなかったのか、後悔したが、遅かった。そこで、とりあえず一つの六畳間を、カメラとライトの機材だけにして、椅子を一つだけ置き、他は白い布で覆った。椅子は、わたしがゼレンスキーについて話したときと同じものにした。六畳間に置くだけなので、木製の一脚三八〇〇円で買ったものだが、わたしは気に入っていた。ただし、ハイビジョンの小型カメラ二台と、ライト、椅子、それにスタッフ一名と、わたしが入ったら六畳間はかなり狭くなった。おまけに白い布は、コクヨのクリップ大口幅で留めただけなので皺だらけになり、布自体も光沢も何もない比較的安価なもので、見栄えはしなかった。だが、そんなことは問題ではない。主演は、あの矢崎健介なのだ。

9

撮影当日、難問が噴出した。撮影は夜の七時からにしたが、まず周囲がうるさかった。子どもの遊び声が聞こえるし、マンションの前に二車線の道路があって、かなりの交通量があり、その騒音もバカにならなかった。スタッフは、イチカワという二十七歳の若い男だったが、音、だいじょうぶですかね、と落ち着きがなかった。一つ提案があるんですが、と言って、スタイリストとヘアメイクは帰したほうがいいような気がします、とわたしに耳打ちした。わたしは、撮影用の部屋ではなく、生活物資があふれかえっている部屋にいるスタイリストとヘアメイクのほうを見た。音がうるさいことが気になってしまい、彼女たちに気がつかなかった。

スタイリストを呼んだのは失敗だったとさすがに気がついた。スタイリストは、シャツを十枚ほど持ってきていたが、事前の打ち合わせがなかったので、どんなファッションにすべきかわかっていなかった。わたしも、何もわかっていなかった。彼は、普通のシャツを着ているとだけ彼女に言ったような記憶がある。彼は、彼の部屋でいつもシャツを着ていた。ごく普通のブルー系のシャツで、ストライプが入っていたものが多かったような気がする。ブルー系、ストライプと言ったおかげで、彼が普段着ているシャツとはまったく似つかないものを、スタイリストが用意していた。彼が着ているシャツは、どこにでもあるもので、ちょっとどこかがしゃれているというものだった。スタイリストが用意してきたのは、何というか、ぶっといストライプが入った、コメディアンが着るようなシャツばかりだった。わたしは目まいがしてきた。わたしは、スタイリストに気をつかう余裕がなく、ギャラはちゃんと払うから帰ってくれと、つっけんどんに言った。彼女はわたしよりも身長が高かった。子どもやひどく高齢の女以外、たいていの女はわたしよりも身長が高い。信じられないという表情で彼女は帰っていった。

ヘアメイクに関しては迷ったが、イチカワが言うのももっともだった。ヘアメイクする場所がないですとイチカワは言った。ミラーもないし、ヘアメイクの化粧品を並べておくようなスペースもなかった。ヘアメイクもない撮影というものを彼が許容するかどうかが問題だった。雑誌の撮影など多くを経験しているはずだ。ヘアメイクがないといったら怒って帰るかも知れないと考えると動悸《どうき》がしてきた。スタイリストが目の前で帰されたということで、自分も同じ目に遭うのではないかと、緊張しているように見えた。スタイリストの女は、男物のシャツの袖をまくって、下はピッタリとしたジーンズで、髪も超短いという何だか挑戦的なスタイルだったが、ヘアメイクはどちらかというと平凡という言葉がピッタリくる女で、身長もわたしより少しだけ高いだけだった。わたしは好感を持っていた。この女は撮影に残って欲しいと思っていたが、スタイリストが帰ったあと、すでに荷物をまとめはじめていて、さよならも言わずに、帰ってしまった。そして、ヘアメイクの女と入れ替わるように彼が現れた。

「へえ」と彼は言った。へえ、ユーチューブの撮影って狭い場所でやるんだな。

10

部屋の空気が変わった気がした。靴脱がなくていいかなと彼が言って、脱がなくていいです、とわたしは言った。彼はブーツを履いていて、玄関は足の踏み場がなかったし、まともなスリッパもなかった。イチカワに紹介した。スタッフは一人だけなんです、とわたしは動悸を覚えながら言った。イチカワも緊張しているように見えた。撮影用の部屋に入ってもらった。彼はジャケットを着ていた。

「マイクを付けると思って、シャツだけだと、シャツと肌の間にマイクのコードを通すから、それが嫌いなんだ。だからジャケットにしたんだ」

ジャケットの色は黒で、パンツも黒だった。要するにスーツを着てきたのだ。シャツはいつもの細かいストライプのブルーだった。髪も整えてきているし、髭もちゃんと剃っていた。顔にてかりなどが出ないように、イチカワがライトを調整した。モニタを見ると完璧に思えた。ヘアメイクなど不要だった。部屋は外の音が入らないように締め切っていたが、暑くもなく寒くもなかった。

「あ、そうだ、女性遍歴というタイトルは止めて欲しいんだけど」

そう彼が言った。

「単に女性論ということにして欲しいんだけど、君も知っている、あの女性が気にすると思うんだよ」

もちろんだいじょうぶですとわたしは答えた。タイトルはアニメーション仕立てにしようと考えていたので、女性遍歴でも女性論でも何でもよかった。

「ただですね、ユーチューブとしては、その、刺激的な言葉は避けないといけないんですよ。たとえば、おまんことか言ってしまうとAIの審査に引っかかってしまって、即閉鎖ということになってしまうんです。すみません」

そう説明した。おまんこなんて言うわけないよ、と彼が笑って言った。

「みなさん、こんにちは。わたしはただの司会です。ゲストは矢崎健介氏です。なぜ矢崎氏がユーチューブに出ているかというと、わたしと矢崎氏は、知り合いといいますか、顔見知りの仲で、それで、ユーチューブに出てくれないかと頼んだら、快く、オーケーしてくれたんです。信じられませんでしたが、それが本当のところです。それで、矢﨑氏が、常日頃、おっしゃっていることが、脳が汗をかくくらい、考えて話せということです。ですので、わたし、脳が汗をかくほど考えて話そうと思っているんですよ」

というようなことを、わたしは途中なんどもつっかえながら、話したのだが、彼が、脳が汗をかくなんて、そんなこと言ったことないよと言って、全部パーになった。雑誌か何かで見たような気がしたのだが、違った。わたしとのやり取りはなしになった。

11

「みなさん、こんにちは、矢﨑健介です」

彼は足は組まずに、髪をかき分けながら話した。アップのカメラで、鼻毛が見えていることがわかったので、一度中断して、鼻毛切りを使ったが、それ以外はカメラは回しっぱなしだった。周囲の喧噪《けんそう》は、気にならなかった。窓を閉め切ったら、音がそれほど大きくはならなかったし、とにかく矢﨑健介の声が、よく響いた。

「今日は、ぼくは女性論について語ろうかと思います。女性論といっても、具体的な女性についてです。ぼくの最初の女性は、どこかで引っかけた女性でした。場所は、井の頭線の沿線に住んでいたヤマダという友人宅でした。ヤマダは何とかという友人といっしょに住んでいたんですが、引っかけた女性とやったのは、夜から朝で、ヤマダとその友人も家にいました。襖《ふすま》を閉めて、やったような記憶があります。襖の向こう側では、ヤマダとその友人がごく普通の会話をしていました。ぼくは十八歳だったので、エネルギーがあり余っていて、ぶっ続けでやっていたような記憶があります」

そこまで話して、彼は水を飲んだ。そして、やったとか言っちゃってだいじょうぶかなと、わたしとイチカワに聞いた。七十歳になろうとしている超有名作家が言ってることとなんでだいじょうぶだと思います、最初はそういった見解だったが、やはりやばい言葉なので、できれば避けたいです、とわたしは言った。わかったと、彼は言った。

「襖を閉めて、というシチュエーションでした。襖の向こう側では、ヤマダとその友人がごく普通の会話をしていました。ぼくは十八歳だったので、エネルギーがあり余っていて、もうぶっ続けでした。これが、最初の経験でした。女性は、あまりきれいではなくて、どちらかと言えば、小太りな感じで、でも、許してくれたんです。その女性のことは忘れましたが、シチュエーションをよく覚えています。ヤマダが、借りていた部屋は、一軒家の一部で、三畳間みたいなところで、なぜか襖がありました。おそらく何か荷物を置いておく部屋みたいな感じでした。そこに、ヤマダは布団を敷いていたんです。でも、あのころは、いい時代だったという感じです。ぼくが女性を連れて、その部屋に入ったってことを、ヤマダはどういうことか理解してくれていたんです。そして女性も、そういったシチュエーションを理解してくれていました。夜から、朝、そして昼間とずっとぶっ続けだったんですが、理解していたというか、今、考えるとぼくがそういったシチュエーションを作り出したというほうが、正しいのかも知れないです。とにかく、それがぼくの初体験でした。今、考えると、いっしょにいてくれた女性に感謝しています。会ったのはそれっきりでした。はっきりとは覚えていないのですが、それっきりだったと思います」

12

「二人目は、話しづらいんです。ぼくが十八歳で、彼女は二十三歳でした。家具のデザイナーだったんですが、画廊で知り合ったんですけど、家具の展示会みたいな、そういう展覧会でした。ル・コルビュジエとか、そんな人でした。家具に興味があったわけではなく、偶然、見に行ったんです。時間つぶしとか、そんな感じでした。そこで出会って、彼女は、ぼくの西武新宿線沿線の、汚いアパートにやってくるようになったんですが、トイレが汲《く》み取り式だったんです。そこの、六畳一間の部屋でした。ぼくは、美術系の学校に行ってました。御茶ノ水にあったわけのわからない学校です。東京に出てくるために、親をだましてその学校に行っていました。今でもよく覚えているのが、雨の日、彼女は、傘をさして、水色のレインコートを着て、アパートの前の通りをこちらに向かって歩いてきました。水色のレインコートがよく似合っていました。うーん、よく似合っていたというレベルじゃなかったんです。髪は短かった記憶があります。水色のレインコートが、ぼくの小汚いアパートの景色の中で、際立っていたんです。今でもよく覚えています。それで、彼女は、一年ちょっと付き合って、ぼくから去っていったんです。ケンは、ケンって彼女はぼくをそう呼んでました。ケンは、これからいろいろな人と出会うよ。それが、ぼくと別れる理由でした。じゃあね、そう言って去っていきました。ぼくはその喪失感で、これまで生きてきたような気がします。その喪失感で、小説を書いて、ずっと後悔しました。別れるんじゃなかったと思って、生きてきた気がします」

ちょっと待って、と彼が撮影を中断した。この話、やばくないかなと言った。いや、全然やばくないですよ、感動的です、素敵な話だと思いました。そう言って、イチカワにも意見を求めたが、イチカワも同意見だった。イチカワは、嘘をつくような男ではなかったし、もともと口数が少なかったので、真実味があった。

13

「いや、そういう意味じゃないんだ」

彼は、コーヒーを飲みたがった。エスプレッソしか飲まないらしい。缶コーヒーしかないと言うと、じゃあそれでいいと言った。

「彼女は、今、七十五歳だよ。どこでどうしてるのかもわからない。結婚しているかも知れないし、何て言うのかな、病気しているかも、それで、生きているかどうかもわからない。おれは有名人なので、おれが名乗りを上げると、向こうは困ると思うんだ。家具デザイナーとしては有名にはなっていない。家具デザイナーという記事が出たら、どんなに小さな記事でも、探した。今みたいに画像検索がない時代なので、ただ、名前で見たよ。名字が変わっていないか、そこは詳しく見たな。でも、名乗りを上げて、探したくないんだ。会うのも、なぜかいやなんだ。おれが、いろいろな人と出会うよという理由で彼女は去っていったわけだけど、わかる気もするんだよ。おれは、彼女と結婚したかったんだ。結婚するなら彼女だと思っていた。ただし、結婚してたら、小説を書いたかどうか、わからないんだ。彼女の喪失感だけで、小説を書いたし、書いてきたんだよ」

わかりますよ、イチカワがそう言った。イチカワの解決策はシンプルだった。

「相手の名前はもちろん伏せますよね、それで家具デザイナーの、家具を取ればデザイナーとなって相手を特定できないですよ、彼女の喪失感だけで小説を書いてきたわけでしょう、だったら、現れたりしないです。しかも今、七十五歳でしょう？　彼女は、矢崎さんとの思い出の中に生きようとしています、たぶんですけど。いろいろな人と会うよと言って、去っていった人でしょう、だからいろいろな人と会って、仕事をして、でも、創作の原点はその人との喪失感なわけだから、彼女はずっとそうやって矢崎さんの活躍を見てきたんだと思いますよ」

イチカワの主張は完璧だった。部屋には沈黙が訪れ、驚いたことに、彼は、そう思うかとイチカワに言って、少し涙ぐんでいた。イチカワは、確か二十七歳か、二十八歳で、身長は百七十五センチと平均値を超えるほどあり、顔だけが惜しかったが、これほどの才能があるとは思わなかった。確か高卒で、前職はＩＴ企業の下請けだった。今どき流行《はや》らない長髪で、あごひげを生やし、イタリアのシャツとは無縁の、全身ユニクロという感じだが考え方が意外にまともでびっくりした。

14

「次に登場するのは、極端な人だったんです。二十八歳とか、二十九歳とかで、吉祥寺のロック喫茶で知り合ったんだけど、そこは地下で、狭くて、髪が長いやつとか、インド風の服を着てる女とか、そういう連中の溜《た》まり場だったんだけど、その人は珍しくちゃんとした服装で、穏やかな色のワンピースとかそういう服装だった。それで、一人で来ていました。おれも一人だったし、一人で来るって、珍しくて、もう死ぬほどでかいボリュームでドアーズがかかっていたりする場所なんで、グループで来る連中ばかりだったんです。店で知り合いになった連中も多かったし、そんな中、一人で来て、とにかくむちゃくちゃ酒を飲んでました。夜の、まだ八時ごろなのに、テキーラをボトルでとって、手の甲に塩をつけてなめながら、飲んでいた。それでおれもいつの間にか、テキーラを飲むようになって、いや、彼女のボトルをもらったんだけど、それで、夜中の二時ごろに、二人でべろべろになって、おれの四畳半のアパートに転がり込んだんです。西荻窪のアパートだった。それで、翌朝っていうか、昼ごろに、彼女が笑いながら、わたし結婚しているのと言いました。明るいところで見ると、整った顔をしていて、髪も上手に結んでいて、おれは好感を持ちました。でも、結婚しているって何なんだと思ったけど、若いから気にならなかった。わたし、着替えと、化粧品を取ってきたいからと彼女は言って、あなたもいっしょに来たらと言った。家は、近かった。何とかレジデンスという当時有名なマンションで、場所は阿佐ケ谷だった」

ですますじゃなくなってしまったけど、いいかなと彼は聞いた。わたしはイチカワの意見を求めた。イチカワは、別に構わないと思いますと言った。

「彼女は、岡山から出てきたらしい。ご主人は、ソニーに勤めていた。岡山から二人で上京してきたらしい。ソニーと言えば、当時はエリートだった。それで二人で、マンションに行った。ウイークデーだったので、ご主人というか、ダンナはいなかった。ダンナはソニーに行っていた。彼女の部屋は三階だったんだけど、彼女は鍵を持っていなかったんだ。それで、キッチンの窓ガラスを割って、窓ガラスの鍵を開けて、キッチンから中に入った。窓ガラスは簡単に割れたよ。そんなことしていいのかなんて、思わなかった。全部彼女が実行したんだよ。おれは頭が麻痺していた。彼女は、ドアを開けてくれて、おれも部屋に入った。中の様子は詳しくは覚えていないけど、明るい色のソファがあった。彼女は、小さなバッグに着替えと、化粧品を詰め込み、ちょっと待ってと言って、箪笥《たんす》を開けて、金庫があって、そこから金をわしづかみにして、ポケットに入れた。泥棒が入ったと警察に届けたりしないかなと言うと、こんなことするのはわたししかいないとあの人はわかってるから警察に届けたりはしないと彼女は言った。それで、その夜は、新宿に行って、おれは生まれてはじめて焼き肉ってやつを食べた。世の中にこんなにうまいものがあるのかと思ったよ。その夜も、焼き肉のあと吉祥寺のロック喫茶に行って、テキーラを飲み、べろべろに酔っ払って、おれのアパートで寝た。明け方に戻ってきたので、翌日は夕方まで寝ていた。彼女は、裸で共同のトイレに行きそうになったので、おれは止めた。けっこう大家がまじめな人だったので、アヒルか何かを飼っているような人だった。それでおれがまた焼き肉が食べたいと言って、二人で新宿に行き、焼き肉を食べて、吉祥寺のロック喫茶に行き、またテキーラを飲んで、酔っ払い、おれのアパートで寝た。そんなことを四日間続けて、おれたちは髪とかが臭うようになり、金も尽きたので、彼女は、マンションに行って風呂に入り、金を持ってくると言った。おれもいっしょに来るようにと言われた。

彼女は前回行ったとき、鍵を持ってきたので、スムーズに部屋に入った。キッチンの窓ガラスは、補修してなかった。風呂は快適で、いっしょに入った。また簞笥から金を盗み、部屋を出て、エレベーターに向かって歩いていると、向こうから、痩せた男が歩いてきて、彼女が、挨拶した。男はスーツを着ていて、おれは安い革ジャンに安いブーツに長髪という格好だった。またお金借りたから、じゃあね、と彼女は男に言って、ダンナなのかとおれは思った」

15

「おれと、ダンナは、お互いを見合って、どうすればいいのか、おれはわからなかった。その様子を見た女は、あたし、ケンのアパートに行ってるからね、と言い残して、その場を去った。こういうシチュエーションで、何て勝手な女だと思ったが、そのころはまだ可愛いなと思う余裕があった。ダンナは、おれの顔を見たまま何も言わず、女はとっくにエレベーターに乗り込んで、見えなくなった。ダンナは、おれと同じくらいの身長で痩せていた。スーツを着て、ネクタイを締め、コートも着ていた。コーヒーでもいかがですか、と言って、ドアを開け、おれを中に入るように促した。おれはしょうがないから、中に入ったよ。どうぞと案内されて、ソファに座るように言われた。ダンナは、コートも脱がず、パーコレーターでコーヒーを淹《い》れはじめた。おれは、帰りたかった。なぜダンナと二人きりでコーヒーなんか飲む羽目になったのか。ダンナは、おれより十歳近く年上の女よりも、さらに老けていた。四十歳近かったんじゃないかと思う。あの、ぼくは帰ります、おれはそう言った。はい、わかっています、ダンナはそう言って、コーヒーに豆を入れるのを忘れました、と付け加え、そして、泣き出した。泣き出して、おれはびっくりした。殴られるかも知れないと思っていたんだよ。おれは本当に帰ろうとした。ブーツを履いていると、ダンナが、近づいてきて、スミコは酒屋問屋の一人娘で小さいころ身体が弱かったので甘やかされて育ったんですとそういうことを言った。だから非常識なところがあるんだということだった。おれは、とにかく帰った。あとになって、非常識なところがあるということを骨身に染みて、思い出すことになるんだが、そのときはわからなかった。それで、おれたちは、福生《ふっさ》に行くことになる。福生は地獄だった。

なぜ福生に行くことになったのかっていうと、家賃が安いと聞いたからだった。確かに安かった」

何か、疲れてきたよ、と彼が言うので、今ちょうど一時間半ほど話しているんですけど、この辺で今日は止めておきますか、わたしがそう言った。彼は、缶コーヒーを飲み干し、疲れたけど、もう少し喋りたいんだよと言った。それは願ってもないことだった。できれば十篇ほど、語って欲しかった。一篇が、だいたい三、四分で十篇あると「矢崎健介の女性論　その一」として成立する。今、計算だと五篇ほどある。微妙に間を取るが、その間は素晴らしかった。次に話すことを考えているのだが、顔とかからそのことが伝わってきて、何とも言えない間になっているのだ。

「変だな、こんなことを話したことがなかったんだけど、何か、胸につかえていたことを吐き出したような、そんな感じがするんだ。誰かに話したかったのかも知れないな。でも誰にも話そうとも思わなかった。ユーチューブで話すって、よくわからないけど、案外気持ちがいいのかな。これ、反応を聞けるのかな。つまり聞いた人の感想がわかるのかな」

彼がそう聞くので、もちろんです、と答えた。彼はしばらく黙り、感想は止めにしたいんだけどいいかなと言った。わたしは、もう一度、もちろんです、と言った。要は、話すだけ話して反応は拒否するということだ。何となく、彼の気持ちがわかる気がした。すごくプライベートなことを話している。話すことは気持ちがいいけど、反応は知りたくないということだ。

16

「福生は家賃が安いと教えてくれたのは、ヨウコという女だった。ヨウコとは、画材屋で出会って、その夜、べろべろに酔って、お互いに二回吐いたあとに、彼女の部屋に泊まった。すごく痩せた女だった。でも、みんな、べろべろに酔ってたんだな。時代のせいかな。個人のせいかな。今、べろべろに酔って、二回吐いたあと、その女の部屋に泊まるってないかも知れないな。あるのかな。おれが歳を取っただけかも知れないな。それで、ヨウコは、お互いに、というか、おれのほうだけかも知れないけど、いろいろと相談することができて、スミコという女と知り合って、二人で住む部屋を見つけたいけど、どこがいいかなということを聞けた。福生がいいんじゃないのとヨウコは教えてくれた。ヨウコとはそうやっておれが福生に行ったあと、一年くらい会わなかった。それで、おれが福生で地獄のような暮らしをしているときに、訪ねていったら会ってくれたんだ。一年ぶりだったけど、会ってくれた。おれは、五十時間くらい寝ていなかった。ブルブル震えて、どうしたのって、ヨウコが言って、おれはヨウコの傍にいるだけで落ち着いた。おれだけが、落ち着いたのかも知れないけどね。何があったのかと、ヨウコが聞いて、おれはスミコのことを話したような気がする。話さなかったのかも知れない。ヨウコの顔が、目の前にあった。どのくらいの時間話したのか、覚えていないし、話さなかったような気もする。わからないんだ。覚えているのは、ヨウコより、スミコがきれいだなと思ったことだよ。なぜそういうことを思ったのか、わからない。要するにスミコの顔は整ってたんだ。ヨウコよりはるかに整ってた。でも、目の前にあるのがスミコの顔じゃなくて、ヨウコの顔だってことに安堵《あんど》した。

スミコは非常識なところがあると言ったダンナは正しくて、本当に非常識だった。

引っ越しとかで金を使ったし、金はすぐになくなって、福生から近いので、スミコは、八王子のクラブで、働きはじめた。クラブっていっても、若いやつが集まるクラブじゃなくて、女たちがいて、金持ちの男たちが集まるクラブだよ。スミコは一見上品な美人だったんで、そのクラブでは人気があったらしい。どれだけ自分が人気があるのかを、おれに話すんだ。それも、わざとおれがヤキモチを焼くように話す。ドーベルマンを三頭飼っている比較的若い男がいて、その男がわたしは死ぬほど嫌いなんだけど、キスしようとするから、キスだけは許した、でもキスだけだけど。そういう話し方だよ。それでおれはまったく金がなかったから、八王子のクラブへの送迎を命令された。電車で行くんだよ。福生から青梅線で立川まで行って、中央線に乗り換えて、八王子まで行って、八王子も駅から少し離れた店まで、行くんだけど、スミコがタクシー代をもらって帰れるときはタクシーで帰るけど、スミコはやがて終電が終わっても姿を見せなくなった。おれは、そういうときは八王子の駅で始発を待って帰った。スミコは、そうやっておれに復讐《ふくしゅう》するんだ。何の復讐なのか、わからないけどとにかく復讐されてると思った。おれへの復讐じゃなかったのかも知れないな。ただ、おれは、自分のことをバカみたいだと思いながら八王子の駅で過ごしたが、何て言うのかな、スミコへの送迎を止めて働こうとはまったく思わなかったんだ。歳は二十歳を過ぎようとしていたが、自分のことを最低の人間だと思っても、働くという選択肢はまったくなかった。スポーツ新聞でアルバイトの募集を見ることもしなかった。そんなことはまったく自分とは関係ないことだという感じだった。おれの親からは、オヤジからだけど毎日ハガキが来た。お前が何を考えているのかわからないとハガキには書いてあった。自分でも何を考えているのかわからないんだからしょうがないなと思って、この先、自分はどうやって生活していくんだろうと考えて、不安になった。不安にならなかったらバカだよ。二十歳になろうとしているのに、自分は何者でもないんだからね」

17

「それでスミコは、おれへの態度がひどくなった。ドーベルマンの男と関係を持った」と言って、家に帰ってくると、浴びるほど酒を飲み、クスリをやった。おれは黙って聞いていて、何も言わなかった。何か楽しそうに話すんだよ。ドーベルマンの男とね、関係を持ってしまったって、笑いながら話すんだ。嘘じゃなくて、本当に関係を持ったんだなと思ったよ。ドーベルマンの男って、遠くから見たことがあった。スーツとか着て、かっこよかったよ。おれより年上だけど、スミコよりは年下じゃないかって思った。とにかくスミコはきれいだった。店から支給されたドレスとか和服とかとても似合っていて、化粧も上手で、ヘアとかもちゃんとしていた。それで、あるとき、十六号線沿いにある民芸品屋に行った。そこに、小さな鏡を埋め込んだ、裾の長いインドドレスを売ってたんだ。これが欲しいとスミコは言い出した。インドドレスは、確か二万円くらいして、金なんかないよ、おれはそう言った。スミコは、店に出る前で、やたらと派手なドレスを着ていて、だったら今から横須賀に行ってクスリを売ってこいと、最初は小声で、二度目は店にいた人がいっせいにこちらを見るような大声で言った。おれは、無理だよと言った。確かに横須賀にはクスリの売り買いで行っていたがクスリの在庫がなかったし、急に仕入れるのも無理だった。それに、おれはスミコへの応対でクタクタに疲れていて、クスリが切れてきていて、苛々がピークだった。だったら、あたしが自分で買うからいいわよってスミコが言って、店を出て行った。おれはそのあとを追う気力がなくて、しばらく店にいたあと、自分のアパートに戻った。その夜、スミコは帰ってこなかった。

というようなことを、ヨウコに話したかったんだけど、話したのかどうか覚えていない。ヨウコは、そのとき、ずっと一年くらい会っていなかったのに、とても大事なことを話してくれたんだよ。おれに、才能があるかどうかなんて、わからないし、どうでもいい、まずヨウコはそう言った。ただ、あんたは用事がない生き方をする人なんだと、会ってからずっとそう思っていた。だいたい世の中の人って、みな用事で生きている。兵士から大統領までみんなそうだ。不思議なことに、あんただけは、何をして生きていくのかは、わからないけど、用事がない生き方をする人だなって、そう思ってた、そうヨウコは言ったんだ。おれはそのときはスミコのことで疲れていて、その言葉に反応できなかった。でも、今考えると、おれのことをそれほど正確に言い表した言葉ってないんだろうなって思うんだ。おれは、今でも用事がないし、これまでも用事がなかった。用があるって、想像できなかったし、自分がどこかに用事で行かないといけないという事態は、一回もなかった。それはハガキを買いに郵便局に行くようなことはあったよ。誰かとの約束があって、その人に会いに行くようなこともあったけど、それは用事がある生き方じゃない。強制力があって、どこかに行かないといけないんだ。わかりやすいのは、会社だよ。みんな会社に行くだろう。おれは、生まれてから一度も、会社に行かないといけないという状況になったことがないんだよ」

18

少し休みましょうか、とわたしは言った。彼は、この缶コーヒーってうまいなと言って、すでに二缶を空けたが、それよりお腹が空かないか、と言った。おれ、昼飯食べてないんだよ、ということだった。わたしは焦った、ここにはいつも彼が食べているような生ハムやチーズやワインがない。そのことを正直に言った。

「そんなのわかってるよ」と彼が笑ったので、ほっとした。ここには何があるのかなと言われて、焼きそばかなとイチカワが言った。

「近くの中華屋からの出前ですけど、焼きそばはなかなかいけるんです」


三人で焼きそばを食べた。外は暗くなっていた。ビールを飲みたいと彼が言うので、イチカワが自販機まで行って、プレミアム・モルツを半ダース買ってきた。

「君たちは飲まないんだね」

技術的なことがあるので酔っ払うとまずいんです、わたしはそう言った。

「あと、どのくらい話せばいいかな」と彼が聞くので、「どのくらい話があるかによりますけど、短くつなぐので長くなってもだいじょうぶです、とにかく話は面白いので、長くなってもだいじょうぶです」わたしはそう答えた。本当に息がつけないくらい面白かった。現実ではないような気がしていた。そう言うと、イチカワも同意した。言うべきか言わないほうがいいのか、考えたが、あそこまで率直に話してくれたんだからと、思いきって話してみた。

「でも、もてたんですね」

そう言うと、彼は意外そうな表情になり、そんなことはないよと首を振った。

「もてたと思ったことなんかないな」ビールを飲みながら、遠くを見つめるようにそう言った。

「でも無名のころからまわりに女がいたんですね」

「うん、女はいたけど、もてたという感じじゃなかった」

「ぼくなんか、女とは無縁です。ぼくは外見がひどいので、しょうがないですけど、イチカワとかどうなんだ。お前、女とかいるか」

イチカワが、首を振った。

「いません。今、アイドルみたいな顔をしているか、金を持ってるかでないと、女なんか寄ってこないんじゃないですか。アイドルとかいっても、やっぱり金がないとダメなんじゃないかな。コメディアンみたいな連中って、面白いから人気がありそうだけど、もてるって感じはしないですね。笑いの対象みたいで人気はあるかも知れないけど、もてるって感じとは違うかも知れないです」

「でも、もてるっていうと、ひところのSMAPとか、嵐とか、そんな感じがしない？　おれ、そんな感じで、もてたことないな。一人が、個人として、好きになるっていうか、最初はそんな感じではじまるんだけどね。でも、金はなかったな。そう言えば、金はなかった。親からの仕送りだけで、よく女にはおごってもらったな。

あ、今思い出したんだけど、おれ、福生で猫を飼っていたんだ。なぜ思い出したのかな。ミックという名前で、おれによく馴《な》れていた。猫、誰からもらったんだろうな。そういうディテールは覚えていないんだよ。猫が、人に馴れるってあまり聞いたことがないと思わない？　スミコも猫には干渉しなかった。ミックは、おれがゴミ出しするときに、おれについてくるんだよ。子猫だったんだけど、ゴミ捨て場にいっしょに来て、じっとおれがゴミ捨てするのを待つんだ。あまり鳴かなかったような記憶がある。甘えたりしなかったような記憶があるんだ。子猫のくせに、じゃれついたり、鳴いたり、しなかった。ただ、ゴミ出しとか、外に出るときについてきて、おれのことをじっと見るんだ。ゴミ出しが終わると、またいっしょに部屋に帰る。ゴミ出ししか覚えていないんだけど、ミックおいでと言うと、ついてくるんだ。可愛かったよ。おれが福生から出るとき、ミック、どうしたのかな。おれは、ミックのことを考える余裕がなかったんだけど、気にはなったよ。でも、おれが軽トラで福生を去るときに、ミックがどこにいたか覚えていないんだ。あんなに可愛かった猫を飼ったことはない。でも不思議だな、どうして思い出したのかな。いやそれはミックのことを忘れたことはないよ。でも、こうやって人に話したことも初めてだし、なんかミックのことを考えると泣きそうになるよ。おれが飼っていたとき、半年くらいかな、ずっと子猫だったんだ。大きくはならなかった。ゴミ出しに外についてくる猫なんか、聞いたことないだろう？」

19

彼はそう言って本当に泣きそうになった。

「でも不思議だな、女のことを語っても涙なんか出ないのに、子猫のことを語ると涙が出そうになるって、どういうことなのかな。ミックはもう死んだんだよ。それだけは確かだ。おれが二十代のころに生まれて、子猫だったんだけど、今生きているわけがない。死んだんだ」

そう言って遠くを見るような表情になった。

「どこまで話したんだっけ」

彼は、焼きそばを半分ほど食べ、残しちゃって悪いねと言った。いいえ、やっぱりどうしてもホテルの食事とは違いますからとわたしが言うと、いや、この焼きそばはかなりおいしかったよ、ミックの話をしたんで食べきれなかっただけだ、と笑った。いい笑顔だなとわたしは思った。こういう笑顔を自然に作る人ってなかなかいない。彼がトイレに行ったとき、そのことをイチカワに言うと、同意した。わたしもイチカワも彼の表情に魅せられていた。ちょっとした表情、照れたような表情や、ほんのかすかな笑み、それらが素晴らしいと思った。

「どこまで話した?」

「ヨウコさんが、決定的なことを言ったところまでです。あなたは用事のない生き方をする人だって言ったところまでです」

「ヨウコとは、おれがデビューして作家になったあと、二十年くらい経ってから、おれがニューヨークにいるときに、連絡があったんだ。ロスに住んでいて、結婚してアメリカに来たということだった。おれがニューヨークではピエールというホテルに泊まるということを、おれのファンである友人に聞いたらしい。懐かしかったし、うれしかったよ。それから一年に一度くらいの間隔で、メールしていた。本当にたわいのないメールだったけど、ヨウコとのメールは楽しかったよ。いろいろなこと相談するのは相変わらずおれのほうだけという感じだったけど、受賞する前のおれを知っている人というのは貴重だったんだと思う。それで、数年前に亡くなったという知らせが来たんだ。彼女のパートナーだという女性からのメールで死んだということを知った。あのときは悲しかったな。しばらく落ち込んだよ。おれより十歳近く年上だったから、七十代の半ばだったんだけどな。ヨウコは、恋人ではあったんだが、同志という感じがしていた。そんなことを思っていたのはおれだけかも知れないんだけどね。

もう忘れてるかも知れないけど、インドドレスの話をしてもいいかな。いや、スミコがインドドレスが欲しいと言って、帰って来なかった日のことなんだけど。翌日の昼過ぎにアパートに戻ってきた。インドドレスを着て、戻ってきたんだ。売春をして、買ったと、うれしそうに言ったよ。おれは、そのインドドレスをよく覚えてる。足首まで覆うドレスで、オレンジ色がベースで、他にいろいろな色の刺繍《ししゅう》がしてあって、上半身に小さな鏡が埋め込まれていた。スミコは、インドドレスに合うサンダルまで買ってたよ。考えたら、サンダルしか、合わないんだ。よく合うサンダルを見つけたなと思ったよ。けっこう小柄だったんで、ウエストに何て言うのかな、紐みたいなものを巻いて、裾を合わせてた。素足にサンダル。確か夏だったんで、よく似合ってたよ。おれは、バカみたいに、よく似合うよとか、言った。スミコは売春で、自分を買った相手の男のことを話しはじめたんで、それは止めてくれとおれは言った。どうして聞きたくないのかってスミコは問い詰めた。そんな女だった。そんな女だったんだ」

不思議だなと彼は言った。

「インドドレスのことは不思議に強烈に覚えてるんだ、他のことは曖昧になってるんだけどね。スミコはあるとき、クスリを大量に飲んで、病院に入り、田舎から、岡山から母親が来て、連れて帰った。和服を着た上品な母親だったよ。おれを見つめて、バイバイと言って、それで最後だろうと思ってたら、突然、おれのアパートに来た。

来たよ、とか言って、相変わらずきれいだったたな。福生からの、引っ越しの手続きとかで、スミコに住所を伝えていたんだ。西武新宿線の花小金井の汚いアパートだった。スミコは泊まっていったけど、何かしたのか、覚えていない。そのあと、三ヶ月くらいで、おれは引っ越して、スミコには住所を知らせなかった。郵便局から転送された手紙が来たけど、どんな手紙だったかも覚えていないし、返事を出したんだろうが、どんな返事だったか忘れた。スミコに関することは長い時間の中できれいに消えてしまった。キョウコちゃんという女がいた。キョウコちゃんは再会したときがすごかった。インドで売春したり、乞食をしたり、強姦されたりして、旅していたらしい。でも、キョウコちゃんは、大柄でエキゾチックな女だったよ。ここまでが受賞前だ。おれは二十三歳で、その年の十月に小説を書いてデビューする。西武新宿線の、青梅街道沿いのアパートだった。二十三歳で書いて、二十四歳のときに受賞して、デビューするんだけど、その年の上半期は、直木賞がいなくて、芥川賞がおれ一人だったんだ。だから目立ったんだよ。大騒ぎだった」

20

彼は、缶ビールを三缶飲んだが、全然酔っていなかった。ビールを飲むところはカットするので、彼は、ちょっと待ってと言って、ビールを飲み、口元を拭って、カメラに写らないところに置く。一缶をだいたい二口で飲んでしまう。まるで水を飲むようだった。わたしはビールをそうやって飲む人を見たことがない。たいていはチビチビと飲む。

「お酒も強いんですね」

わたしがそう言うと、お酒も、ってどういう意味かなと彼は聞いた。何か他に強いものがあるようなニュアンスだけど。

「いや、そういう意味じゃないです。ただ何となく、お酒も強いって思ってしまって」

「でもビールだよ。喉も渇いてたし」

そう言えばとイチカワが口を挟んだ。

「そう言えば、さっきのお話の中で、何ていうのかな、よく酒を飲んで、吐いて、また酒を飲むとか出てきたんですけど、あれ、ほんとなんですよね」

「うん、ほんとなんだよ。おれ自身、吐くまで飲むとか、今は考えられないけど、おれってもう七十だからね。でも、今、吐くまで飲む若い人とかいるのかな」

わたしはイチカワと顔を見合わせた。わたしもイチカワも、吐くまで飲んだりしない。だいたいわたしは酒が好きではない。すぐに酔うし、味もわからない。

「飲んでる途中で具合悪くなって吐くやつはいますけど、矢崎さんの場合は、そういうのじゃないですよね」

イチカワがそう言った。

「要するに、吐くまで、自然な感じで飲み続けるって、感じですよね。変な話ですけど、吐くときは、どうやって吐くんですか。たとえばどこに吐くんですかね」

わたしも気になって、そういうことを聞いてみた。

「今思い出すと、トイレで吐いてたような記憶があるな。基本、インドアで、具合が悪くなって吐くわけだから、トイレで吐いてたんだ」

駅の階段とかで吐いたりしなかったんですか、イチカワの質問は的を射ていた。

「頭がしびれて、ものを考えられなくて、吐くわけじゃないんだ。だから、思い出してきたけど、基本はトイレで吐いて、店に戻ってきて、また飲む、しかもたいてい、それまで飲んでいたのと同じ物を飲むことが多かった。テキーラを飲んでいたら、吐いたあと、またテキーラを飲むんだ。病気みたいになって、具合が悪くなって、吐くわけじゃなかったんだろうな」

うーん、不思議ですね、とイチカワは言ったが、顔は楽しそうだった。

「不思議です。みんなそうやって飲んでたんですかね。具合悪くて吐くわけじゃないんですね。何か、楽しそうですね。吐くのも楽しそうです」

「いや、楽しくはないよ。吐くわけだから、苦しいというか、楽しいことはなかった。ただ言えるのは、知り合ったばかりのころ、吐くまで飲んだ、ということかな。いや、そうじゃないな。スミコとも、ヨウコとも、関係が悪くなるっていうか、関係が面倒になっても、飲んでたな。クスリもやるようになって、スミコなんか、倒れて病院に入る直前まで飲んでたもんな。何か、異様な空気が充ちていたのかも知れないな。それと、みんなで飲むというのはなかった。みんなで飲むのは嫌いだった。ただみんなで飲むのが好きな連中はいたよ。今でも、よく覚えてるのは、早慶戦のあとで、野球の早慶戦だけど、新宿駅に集まって、みんなで飲んでた。おれは、そういう連中は、死ねばいいと思ってた、いや、殺したいほど憎いとかって意味じゃないんだ。単に、死んだほうがいいって、そんな感じかな」

21

彼がトイレに行ったあと、もったいないなとイチカワが言った。酒にまつわる話を載せたいということだった。わたしも賛成したが、吐くまで飲むとか、引っかかるかも知れないと思った。早慶戦の連中は死んだほうがいいというのは、危ういと感じた。今ユーチューブではネガティブなことがとにかく避けられる。彼は有名人だから特に目立つ。

「受賞後に関しては、あっさりと進めたいんだけどいいかな」

彼がそう言って、わたしもイチカワも、いいですよと応じたが、あっさりと進めるというのがどんな意味なのかはわからなかった。

「最初の女は、ユリコという名前だった。それで、おれとは歳が同じだった。おれは、有名人になったわけなので、それなりに気をつけないとみたいなことを考えたが、酔っ払ったあとは、例によってデタラメだった。でも、自宅には絶対に連れて帰らなかった。ホテルで会った。結婚のケの字も言わなかった。水色のレインコートの彼女、覚えているかな。彼女のことがずっと頭にあったんだ。今でも、あるよ。ユリコは、異様に明るく振る舞う女だった。でもそれは彼女の心の傷を隠す演技だったんだ。彼女の心の傷っていうのは、父親が自殺しているということだった。そのことも明るい声で言うんだよ。おれは、不自然な態度をする女だなと思ってたけど、可愛かったし、性格も一見明るくて、冗談もわかる女だったんで、おれは外に飲みに連れ出した。

編集者とか、わけのわからないプロデューサーとかいう人種だったけど、ユリコはすぐに人気者になったよ。それで半年くらい経って、おれとのことを拒否するようになった。おれは嫌われているとはとても思えなかったから変だなと思っていた。そのうちおれとは会わなくなった。それで、あるとき仲間内で飲んでるときに、ユリコがあるプロデューサーと付き合っているということがわかった。そのプロデューサーは、やがてレコードを作ったりして有名になるんだけど、ユリコがマネージャーのようにそばにいるようになるんだ。そしてプロデューサーは自殺する。自殺したと聞いて、おれはびっくりしなかった。ユリコは、男を追い詰めるんだよ。おれのときも、そうだった。もうケンとは会わないからね、みたいなことを、冗談のように言うんだ。それで、本当にしだいに会わなくなっていくんだけど、その距離感の取り方が抜群に上手なんだ。男を本当に好きになったことがないんだと、あとになってそう思ったけど、おれはどこかでそのことがわかっていたんだと思う。ユリコの中には、父親がいたんだよ。父親より、かっこいい男としか付き合おうとしないけど、父親よりかっこいい男は許せないみたいな感じ。引き裂かれていたんだ」

その人、今はどうしてるんですかとわたしが聞いた。

「消息不明だ。田舎に帰ったと噂になったけど、相手の男が死んでから、もう三十年くらい経ってるし、話題に上らなくなった」

自殺とか、だいじょうぶかなと不安になったけど、イチカワも同じような表情をしていたが、とにかく彼が話すことは撮ろうと決めた。話に力がある。彼はビールを飲み続けている。飲むペースは落ちたが、もう四本目だった。

「二人目と三人目は同時に現れた。確か同時だった。あ、その前に、映画に出演した女たちがいた。おれは二十六歳のときに映画を撮ったんだよ。自分の小説を映画化したんだけど、ある会社が、雑誌で儲けて映画を作りたくて、社長が、ケンスケが撮ればいいじゃないか、ミリオンセラーの作家が自作を映画にするんだ、話題になると言って、おれが撮ることになったんだ。映画のエの字も知らなかったから、映画は、わけがわからなくて、しんどかった。うつになったんだ。クランクインの前は、早く起きてしまって、プロデューサーに、やっぱり無理ですと言おうと受話器を握りしめるみたいな感じだった。結局電話はしなくて、クランクインしてしまった。映画のタイトルはおれのデビュー作だよ」

22

「若い子が三人出演して、マコ、ジュンコ、ケイという名前だった。三人は黒人とのパーティに出演するんだけど、おれは演出できなかった。時間だけが過ぎていって、おれは焦って頭が真っ白になっていた。それで、室内を暗くしてケイがキャンドルに、火をつけるというシーンを撮った。そのシーンで少し落ち着いた。その後、マコの裸体に果物の汁を、黒人がしぼってかけるというシーンを撮った。三人の女の子とは、撮影中は余裕がなくて、何もしていない。映画のスポンサーだった社長が、マコという子を可愛がってたんだよ。その雑誌社が持っているスタジオで、映画の音楽を録音することになって、おれはマコを連れて行ったんだ。それを知った雑誌社の社長が、ケンスケにマコちゃんを紹介しちゃダメだよと、大声で部下に言ったのをよく覚えている。なぜおれに紹介したらダメなのか、おれはわからなかった。社長もよくわからないまま、ケンスケにマコを紹介したらダメだと言ったんだ。

今、わかるんだけど、おれは、自由なんだ。みんな見たことないんだよ。誰も気づいてないけどね。すべての人が、上下関係が身に染みこんでる。おれは違うんだよ。おれは学生で、ほとんど大学に行かないままデビューしたんだ。だから、六十歳の社長とも、十八歳のカメラ助手とも、ごく自然に対等に付き合う。クラちゃんという男がいた。プロダクションの社長で、おれより十歳近く若かった。おれが六十歳くらいのときかな、飲み会でクラちゃんが、よくわからないんですけどケンさんのことが好きでしょうがないんですって言うんだよ。おれのホテルのすぐそばに住んでるらしいんだけど、今日ケンさんはいるかなって、ホテルの駐車場を探すらしいんだ。ぼーっとして三十分くらいホテルの駐車場を眺めて、おれの車があると、とてもうれしくなるらしい。車があるからって、おれと会えるわけないんだけど、それでもいいいそうなんだ、そのときおれは自分が特別なんじゃないかと思った。人との接し方が特別で、それは変わっていて、みんな理解できないことなんじゃないかって思ったんだ。みんなおれのことを、偉ぶらないって言うんだけど、それはおれが自由だってことで、自由な人と会ったことがない人がほとんどだからわからないんだよ。雑誌社の社長が、ケンスケにマコを紹介したらダメだと怒鳴ったのは、マコちゃんが自由に触れると思ったからなんだ」

彼はそこまで話して、ビールを飲んだ。わたしもイチカワもしばらく黙った。わたしたちは感動していた。自由ってことをこういう言い方で聞いたことがなかった。確かに、矢崎健介は自由だった。マコちゃんが自由に触れるから雑誌社の社長が怒鳴ったというのはよくわかった。ほとんどの人は、わたしとイチカワも含めて、自由に触れたことがない。高揚感があるが、それは静かなものだった。

「マコちゃんとはやったんですか」

イチカワがそう聞いた。やったとか言うのはユーチューブにとって致命的だが、あとでどうにでもなるとイチカワはそう思ったに違いない。わたしも同じ考えだった。マコちゃんとはやったのか、はっきり聞きたかったのだ。

「うん。あまりよく覚えていないんだが、マコちゃんのお尻だけは覚えているから、やったんだと思う。ジュンコともやったけど、ケイとはやれなかった。状況が複雑だったんだ。おれがケイの写真を撮ることになって、沖縄に行ったんだけど、ホテルの部屋に、ケイの女性のマネージャーと、カメラの助手がいて、その隣の部屋に、ケイが酔って横になっていて、おれは酔ったケイを介抱するという名目で、同じ部屋にいたんだ。いろいろ触ったりしたけど、さすがに隣の部屋で、お互いの部屋の扉を開けていたので、できなかった。できなかったのでよく覚えている。

二人目と三人目は、同じタイミングで現れたと言ったけど、二人目はヨシコという名前で、おれがこれまでに付き合った女の中でいちばんきれいだったと思う。スミコもきれいだったけど、ヨシコは若かったし群馬かそのあたりで高原野菜を作っているという地方の生まれだった。何となく高原野菜というイメージがぴったりで、清楚な感じがした。いくつだったのかな。おれが三十歳のときに二十六歳だったから、まあそんな感じだったんだと思う。三人目はリコという名前で、やはり二十六歳だったんだけど、バージンだった。バージンだよ。おれはバージンとやるのは初めてだったし、でも向こうも自分はバージンだと自分でそう言ってたからな。場所はサイパン島の自殺の崖だった。サイパンで二本目の映画を撮ることになって、ロケハンに行ってたんだ。リコは当時日産の副社長秘書だった。ヨシコは資生堂のモデルだった。二人とも美人だった」

23

わたしたちは批判力を失っていた。彼の話に酔っていた。彼はビールをもっと飲みたがり、残り一本になったのでイチカワが買いに行った。ついでにつまみも買ってきた。ピーナッツやおかきなどだ。彼は、懐かしいなと言いながら、おかきを食べた。

「妊娠の話をしてもいいかな。止めたほうがいいかも知れないな。おれ、少し酔ったみたいだな」

わたしはイチカワと顔を見合わせ、妊娠という言葉を使わなかったらいいかも知れない、子どもができたという表現だったらどうだろうかと話した。堕胎とか、子どもを堕《お》ろすという言葉はまずいかも知れない。

「わかった。話してみるから、まずいところはあとで切ってくれ」

彼はそう言って、話しだした。あとで切るというわけにはいかないが、どうにかなるような気がした。

「それほど多くはいないんだ。おれ、気をつけてたから。最初は誰だったかな。ヨシコだったような気がする。おれは、病院に行ったよ。看護師が、今は麻酔が効いて寝てるから会えないと言って、そんなものかと思った。病院から出て、歩いていると、だめだ、悲しい気分になったのを思い出した。生命を殺したという気持ちだった。歳のせいかな、当時より、今のほうが悲しい気分が強いな。この話、止めようか。でも、印象に残っていることがあるんだ。ヨシコが、しばらくして言ったんだけど、病院を出るときに、雨が降っていたので病院から傘を借りたそうなんだけど、それが赤い傘だったらしいんだ。わたしは赤い傘を差して歩いたとヨシコは言った。おれは、赤い傘が見えるような気がした。ヨシコは傘に隠れて見えない。赤い傘だけが動いている。そんなイメージだよ。おれはコンドームがいやだった。面倒だし、今からやるぞって感じがするからね。まあ要は面倒だったんだけどね。

リエって女がいた。書店に勤めていた。書店員って敬遠していたんだけど、リエは、足が柔らかだったんだ。足っていっても、脛《すね》とか脹《ふく》ら脛《はぎ》じゃなくて、指がある足だよ。実はおれは足フェチなんだ。足がきれいな女に惹かれるんだけど、足ってよくわからないだろう。普段は靴履いてるし、ストッキングで隠れてるから、足ってよくわからないんだ。今までに足がきれいな女の記憶ってないよ。ベッドに入ったら足は見ない。ベッドでは顔を見るからな。それでもリエって女は足が柔らかだったんだ。足に触ったのは、一回か二回しかないけど柔らかだった。リエは、おれと会う時間までバーで本を読んでるような女だった。水割りとか飲みながらバーの暗い灯りの下で本を読んでいた。書店員だったから、そういう感じだったんだけど、夜遅くまで、そうやっておれを待っているんだよ。だから便利だったんだ。部屋で仕事をしたあとで、夜中の十二時とか、一時とかでも、おれを待っていてくれたから、何て言うか便利だった。他の女と会ったあとでも、待っていたからね。でも子どもができやすい体質だったのか、子どもが二回できた。二回っていうのは面倒だった。二回目はぎりぎりまで粘った。これ以上引っ張るとまずいというところまで来た。おれは、麻布の有名な産科医のところまで、ハイヤーを出して、同行した。そして麻酔が切れるころにまたハイヤーで迎えに行って、ホテルの続き部屋をとって、その夜はいっしょに過ごした。ルームサービスで消化にいいものをとって食べたよ。

でもおれは警戒すべきだったんだ。一人でバーで本を読みながら待っているような女はまずい、ぎりぎりまで子どもを産むと言う女はまずいと気づくべきだった。ある日、朝の四時ごろに、リエはおれの部屋にやってきた。おれは一人だったけど、どうしたらいいかわからなかったので、電話したよ。信頼する友人に電話した。なんなんだよ、こんな時間にと文句を言いながら彼は電話に出てくれて、女と絶対に顔を合わせたらだめだと的確なアドバイスをしてくれた。今まで経験があったんだろうな。リエは部屋をノックし続けていたけど、おれは、ホテルから人を呼んで対応してもらった。知り合いではないと言った。知らない女がドアをノックしていると言った。リエとはいっさい話さなかった。ホテルから人が来て、リエは酔っていたし、逮捕されるようにして、引き取られていった。暴れて、ホテルの人の眼鏡が壊れ、弁償した。初めてだったよ。女が、明け方に押しかけてきたという経験はそれまでなかったし、それからもない。リエとはその件で別れたんだけど、明るいうちに話したほうがいいと思って、その日の昼過ぎに別れ話をした。ホテルの喫茶店で話したんだけど、リエは、わかったと言いながら、おれの手を強く握っていて、可愛い顔をしてたんだけど、おれはこの女が好きではなかったということがわかった」

24

十一時を過ぎていた。続けますかと彼に聞いたが、続けるけどウイスキーが飲みたいというのでイチカワが、売ってるコンビニがちょっと離れているので少し時間がかかりますと言って、買いに行った。その間、彼はビールを飲みながら、ユーチューブについて話した。宣伝はしないで欲しいんだ、と彼は言った。でも、矢崎健介がユーチューブで女性について語るというと間違いなくヤフコメで話題になる。彼はヤフコメを知らなかったので、ヤフーのコメントだと言った。正確にはヤフーのコメントを誘う、ヤフーの記事だ。それは止めることができるかも知れないが、フェイスブックで拡散を止めるのは無理だ。彼はフェイスブックを知っていて、あれは嫌いだと言った。

どうしようかと考えていると、イチカワが、カティサークと氷と水とチーズとサラミソーセージを買って帰ってきた。今までの経過をイチカワに話した。イチカワは、買ってきた水を飲みながら、期間限定にするしかないと言った。

「フェイスブックで拡散する前に、ユーチューブを閉じるんだけど、三日間とか、二日間とかだな。おれは、それでも充分に価値はあると思うけどな」

今までの時間はどのくらいかな、とわたしが聞くと、イチカワは、四十分くらいだろうと答えた。わたしは、期間限定と聞いて、少しガッカリした。矢崎健介、女性を語るというユーチューブは間違いなく当たる、無料会員がどっとくる、へたをすると百万人くらいいくかも知れない、儲かる、という図式を頭に描いていた。三日間では、金にならない。そう思ったのだが、カティサークって懐かしいなと言いながらウイスキーを飲んでいる彼を見ると、宣伝はしないで欲しいと言った彼の気持ちがよくわかった。プライベートなことを話しているのだ。期間限定で行こうとそう決めた。

「どこまで話したのかな」

彼は、プラスチックのグラスでウイスキーを飲んでいる。氷だけで割って飲む。オンザロックというやつだ。

「リエという女性が出てきて、明け方にホテルに押しかけてきて、追い返して、その日の昼間に別れて、あまり好きではないということに気づいたというところまででした」

「リエか、でもホテルに明け方に酔って押しかけてきたから、気持ちがはっきりと醒めたんだと思うんだ。そんなことさえなければ、女を嫌いになったりしないよ。何て言うのかな、その、やらせてくれる女というのはとても大事なんだ。やらせてくれるなんて、まずい表現だったな。でも、他の言葉が思い浮かばないな。何て言えばいいのかな。やらせてくれる、しかないみたいだ。とにかくとても大事なんだ。いくら美人でも、どんなにスタイルがよくても、たとえば有名人とかでも、やらせてくれなかったら、価値は下がる。価値は半減どころか、なくなる。だからやらせてくれる女は、みんな大事にしたよ。基本、おれはブスは相手にしないから、みなそれなりにきれいなんだよ。

ヤナギカワという女がいて、アケミだったか、それでその女の遠縁にあたる女がいて、シノハラという女で、アキコだったか、トモミだったか、そんな感じだったんだけど、ヤナギカワは、結婚するからと去っていったんだ。おれは、びっくりしたよ。

だって急に言うんだよ。わたしお付き合いしている人がいるんですって、深夜、いつもの通り、酒を飲んで、キューバのイサック・デルガードという歌手の『人生はカーニバル』という曲を聞いているときに、言うんだ。わたしお付き合いしている人がいるんですって。おれは二年くらい付き合っていたんだよ。二年だよ。そしたらシノハラという女も、その三年後に、同じ行為をしたんだ。すみません、わたし結婚するんです、だよ。そういう血統なのかなと思った。それで、二人とも、メールで、いちばん愛しているのは矢﨑さんでしたと書いて、一晩泣き明かしましたと書いてきた。二人とも、相当な美人だったよ。連れているとみんなが振り向くってやつだけど、お付き合いしている人がいるんですってなんなんだよ。おれと付き合っているときに、同時にお付き合いしている人がいたわけだろう。どちらかは忘れたけど、ホテルに電話があったよ。たぶんアケミの男からだよ。おれは、あの人とは何もありませんでした、神戸にいっしょに行きましたけど、ホテルの部屋は別々だったんですとか何とか男に言ったよ、男がまったく信用してなくて、ぼくが彼女を幸せにしますとか言うんだよ、勝手にやってくれとか思って、電話を切った。静かに電話を切ったよ。

でもわからないのは、なぜ男がおれが泊まるホテルを知っていたかということだけど、女が話さないとわからないよな。アケミが話したんだよ。そんな関係って信じられないな。何て話したのかな。そのホテルで何をしてたかとか、話したのかな。男は、なぜ電話してきたんだろうな。おれに何を言いたかったんだろう。おれは確か、他の女といっしょにいたんだよ。夜遅くだよ。わからないよな」

その男って何歳くらいだったんですか、とイチカワが聞いた。さあ、と彼は言った。ええと、アケミとトモミとかと付き合ってたころって、二十年前とか、十年前とか、そのころで、おれは五十歳とか、六十歳とかそんな歳だったから、アケミの男って、三十代くらいじゃなかったのかな。

「ヤキモチを焼いてたんじゃないですかね、その男は、矢崎さんに」

イチカワがそう言って、そうかも知れないけど、なんか甘えているみたいでいやだなと彼は言って、話題を変えた。

25

「これは、あまりほめられた話じゃないんだけど、おれは風俗にかなり入れ込んだ。それで、風俗の女たちに人気があったんだ。何か酔ってきたな。風俗の話とかしてだいじょうぶかな。止めとくかな」

彼が躊躇《ちゅうちょ》するので、だいじょうぶですよ、とわたしが言った。矢﨑健介という有名人だし、期間限定だから、だいじょうぶだろうと思った。AIが判断するので、風俗という言葉だけだったら問題ないはずだ。おまんことか、乳首とか、キスとか、性器という言葉にAIは反応する。

「ホテルに呼ぶんだけど、おれは、ドンペリを用意して、キャビアとか、フォアグラとかを準備して、彼女たちを迎えた。たとえば三人彼女たちを呼ぶ、一人一時間三万円だから、一時間で九万円プラスタクシー代が必要で、ドンペリ代はホテルのルームサービスだから、けっこうかかる。でも、今はドンペリなんか高くて飲めないし、おれはシャンパンが好きじゃなかったから、女たちへのサービスみたいな感じだった。

シャンパングラスがずらりと並んで、キャビアが専用の金色の容器に入って、フォアグラも上手に炒めてあって盆が金色の容器に入っているんだ。わあ、すごいって女たちは言うよ。それで三時間部屋にいたら、約三十万だよ。どうしてそんな金があったのか、わからない。コマーシャル契約をしてたんだった。でも、最近は、コロナの影響もあって、まったく風俗は止めてしまったし、なんか女たちも違うんだよ。昔、おれが遊んでいたころって、女たちもゴージャスな子がいたんだけどね。それで三人の、複数の中で、わりかしいい子を選んで、オールナイトということにして、その子は泊まっていった。オールナイトって、いくらだったかな、八時間ってことで、十二万とかだけど、オールナイトって言っても、おれは寝るからね、十二時間で三十万近かったんじゃないかな。むちゃくちゃだよ。

それで、なじみになった子がいて、いちおうプレイが終わったあと、精算を済ませたあと、バーに行って、バーでは赤ワインを飲むんだよ。シャトー・オー・ブリオンとかシャトー・フィジャックとかよく飲んだな。バーでシャトー・フィジャックを飲んでも、あのころは、三万円台だった。今は、バカみたいに高いけどね、そもそもバーにいいワインを置かなくなったもんな。今は、変なカクテルが多いよ。みんな貧しくなったんだよ。あのころは、って正確にはいつ頃だったのか、覚えてないんだけど、二十年前くらいかな。それで、なじみになった子がいて、彼女たちといっしょに時間を過ごす。それで、彼女と夜を過ごすようになるんだけど、本当になじみになった子が、三人か、四人くらいいた。一人はミキちゃんといって、ミキちゃんのオヤジがキャンディーズのミキちゃんが好きで、だから自然に自分のことをミキと呼んでいたということだった。ミキちゃんは、セックスが嫌いだと言っていた。でもエッチだった。エッチとか言葉を使っていいのかな。もうどんな言葉を使うかなんて考えることはないのか。ミキちゃんはエッチだったんだよ。パールが並んだパンティを穿《は》いたりしていた、パールが何ていうか、パンティの縦に食い込んでいるんだよ。おれはあんな色っぽい下着を見たのははじめてだったし、それで、今日デパートで一人エッチをしたんですと言うんだよ。

おれはクリスマスイブにEカードを出すんだ。ムービーがきれいなカードなんだけど、メルアドを登録しておけば、数十人にいっぺんに出せるから、便利なんだよ。それで一人だけ、カードに返事をくれる子がいるんだ。その子とは風俗で知り合った。身体のどこかにタトゥーを入れていた。立派なタトゥーじゃなくて、素人が入れたような杜撰《ずさん》な柄だった。その子、って知り合ったときすでにいい歳だったんで、その子という言い方は変かも知れないな。その女、が正しいかも知れない。今はもう六十歳くらいだと思う。今年もクリスマスカードありがとうございましたからはじまるんだけどメールが、リアルなんだよ。今年はケンさんからカードが来て、猫がそばにいてくれて最高のクリスマスでした、という書き出しではじまって、そのあと、いつものように、何度もカードを見ました、信じられないほどぐっすりと眠りました、今年は、小学校一年生のときに先生に読んでもらった「かわいそうなわたし」の絵本を自分のプレゼントに買いました、これからも、ケンさんとケンさんの大切な人が、お元気でいてくださることを心からお祈りしています、そんなメールだった。ほとんど外には出ないらしい。ずっと猫といっしょに部屋にいるので歯が変になったみたいです、というメールもあった。世捨て人みたいな暮らしをしているのかなと思うけど、おれのほうからはメールをしないので、詳しい様子はわからない、詳しい様子を知りたいとは思わないけど、いつもメール読んでるよって、メールを出そうかなと思ってメール書くんだけどいつも出さないんだよ。なぜ彼女のことを思い出すのかな。世捨て人みたいな女なのに、きっとメールに嘘がないんだな。ひとかけらの嘘もないんだよ、嘘をつく必要がないんだ。そういう人ってあまりいないんだよ。

今、考えると、最高のセックスをしたんだなと思える女がいるんだ。風俗の女だったけど、源氏名は忘れた。本名なら覚えてるよ。エイコだった。エイコとは二年くらい付き合ったのかな。三年くらいかも知れないし、一年ってことはないと思う。何が最高だったかというと、顔が、初恋の女に似ていたというのが大きいのと、体がすべてにおいて普通だったというのが大きいかな。手の指とか、要するにすべてのディテールが普通だったんだよ、付き合ってたころは気にしなかったけど、今思い出すと、何か偶像みたいに感じるんだ。板橋とかあっちのほうで、ブティックとか何か経営してるんじゃなかったかな。だから帰るときは、時間が早かったよ。朝の五時とか、六時に起きて帰っていった。じゃあ帰りますって言って帰るんだけど、おれは寝てて、じゃあなと言うだけだった。ひどいな。髪の毛とか、足とか、ごく普通だけど、最高だったんだ。最高の女だって、気づいてなかった。写真とか撮っておくタイプじゃないから、エイコの写真はない。そう言えば、他の女たちも写真はないな。エイコの記憶が、しだいに崩れていく。髪の毛がどうだったか、忘れていくんだ。今日は会えませんというメールが来て、おれはピンときて、これは今日会えないという意味じゃないんだ、とわかって、もうずっと会わないという意味だってわかったけど、わかったという返事を書いて、それで終わった。終わってから、二年くらい経って、五年くらい前かな、一度だけ会ったんだけど、もちろんエッチなんかしなかったし、部屋にも呼ばなかった。でも、タクシー乗り場でキスをした。キスしたとき、エイコはため息をついた。それでおれはエイコとのすべてを思い出したような気がした。久し振りに会っていろいろとたくさんのことを思い出しましたというメールが来た。おれは何て返事を出したのかな。また会おうよとかバカなことを書いたと思う。あれが最高の女だったんだ。今、記憶が崩れてしまって、顔もあやふやになったけど、あの女が最高だった」

26

「矢﨑健介の女性遍歴」にすれば閲覧者は増えただろうが、「矢﨑健介女性を語る」にしたので、思ったよりも閲覧者は伸びなかった。三万四千二百五十二人が、ユーチューブを見た。感想は、賛否が分かれていて、素晴らしいというものから、下らないというものまであった。イチカワは、二日間限定ということで考えたら大変な数字だと言ったが、その通りかも知れない。だが、金にはならなかった。わたしは、一桁とか二桁違う数字を期待していたが、宣伝もしていないし、とにかく二日間限定ということは、最初の日に見た何百人が、フェイスブックなどで拡散して、三万四千人という人々が結果的に見たということになる。準備もして、けっこう金も使った。あのスタイリストとヘアメイクにもギャラを払った。五万円ずつだったが、相場を知らなかったので払いすぎたかも知れないと思うと言いようもなく腹が立ってきた。

彼に電話で数字や感想を説明したが、まったく興味がなさそうだった。それより、ちょっと弱ってるんだと彼は言った。あの三十代か四十代か五十代の女性が、ユーチューブを見たらしい。

「電話には出ることは出るんだが、会う日にちを決めない。以前にこういうことはあったんだが、今度は会ってくれるかどうかわからない。もてたんだね、とおれに言ったよ、おれは、あれは事実じゃないんだよと言いたかったが、止めた。参ったよ」

どうするんですかとは聞かなかった。わたしは、それ以上は何も言わず電話を切った。わたしは寂しかった。彼とは、もう会えないかも知れない。おれは自由なんだと言った彼が忘れられない。確かに、彼は自由だ。会う人は彼の自由に触れる。その感じはごく普通のものだ。決して突出していない。熱くもない。吹き抜ける風のようなものだ。

ホテル・サブスクリプション

1

またこのプールに来た。都内にある高層ホテルの最上階にあるプールである。水泳が好きなわけでも、得意なわけでもない。わたしは、苦手だ。水泳だけではなく、他のことでも苦手が多い。わたしは、考えない。考えることでいいことが起こったことが一度もない。考える、考えないにかかわらず、いいことが起こったことは一度もない。

プールで、ふと考える。別に泳ぐわけではないので、他にすることがない。スマホを見るが誰からもメールは来ていない。この世の中で、いいことって何だろうか。誰に聞けばわかるのだろうか。君島はわかるだろうか。五反田の中華屋で同窓会があり、わたしと話してくれたのは、君島だけだった。わたしはそのときイタリアのブランドもののスーツを着ていたが、袖や裾をひどく短く切ってもらわないと体に合わなかったので、イタリアのブランドもののスーツだと、他の人は気づかなかっただろう。

プールには他に四人の人がいた。その中に、彼がいた。彼は六十代だろうか、でも五十代にしか見えない。とても雰囲気がある男で、情報や知識がデータとして蓄積されていると外見からでもわかる感じだった。それに彼は有名人だった。作家だった。わたしは仕事の関係で、このプールにはたまにしか来られない。おもに休日だ。週に一度か、週に二度、ゼロ回の週もある。でも彼は必ずプールにいる。

例のことを、彼に話してみようと会うたびに思うのだができない。わたしはコミュニケーション能力には自信があるつもりだが、部下の女に、コミュニケーションのセンスはゼロかマイナスだと言われた。わたしはその女を営業からCSに配置換えして、パワハラだと他の執行役員に告げ口された。ちなみに、ＣＳとはカスタマーサポートの略だ。いちおう女には個別に相談したあと、了承をとった上での配置換えだったので、パワハラについては無罪となった。

「本当は、ＣＳには行きたくなかったんです」

わたしが無罪となったあと、女はそう繰り返したらしい。どこもかしこも現代はそんな女ばかりだ。わたしは、従業員数が二百人に満たない小さな企業ではあるが、いちおう執行役員である。四十歳そこそこでなぜ執行役員かといえば、創業者の子孫だからだ。会社はＥコマース専門のお茶屋だ。世界中のお茶を売っている。わたしは京都伏見のお茶屋の息子でお茶には詳しい。詳しいが、お茶はあまり役に立たない。お茶に興味があるのは高齢の女か、高齢者っぽい女、それにインテリの女が多い。高貴な香りの紅茶とか、なかなかレアなハーブティーとか、好きな女はいる。だが、わたしは女にもてなかったので、お茶は役に立たない。それでは何か役に立つものがあるかといえば、ないかも知れない。

2

ロッカールームは幸運なことに彼と二人きりだった。彼とわたしは、二メートルほど離れていた。彼はシャワーを浴びて、髪を拭っていた。

「今、わたしのことを、こいつきっともてないだろうなと、思ったでしょう?」

彼に、思い切って話しかけた。彼は、怪訝《けげん》そうな顔になった。わたしは、ホテルの最上階のプールということで、イタリアのブランドものではなく、国産の普通のスーツを着てきたが、彼は、非常に軽装だった。まだ少し肌寒い季節だったが、Tシャツに薄手のセーター、それに綿のズボンに素足だった。靴下を履いていなくて、ビーチサンダルを履いていた。このホテルに泊まっているのだ。わたしも次から泊まろうと思った。

「わたしのことを、こいつきっともてないだろうな、と思ったはずなんですが、わたしに超能力があるわけじゃなくて、みんなそう思うんです。わたし決してもてないわけじゃないんです。生まれてから、一度ももてたことがないだけなんです」

わたしは、ズボンをはきながら、下を向いて、愚痴をこぼすように、一人言のように言った。

「わたしは世界一もてない男なんです」

彼は、髪を拭っているので、聞いているのかどうか、わからなかった。だが、髪を拭き終わり、ロッカールームを出るときに、世界一って面白いな、と言って、また、会いましょうと微笑んだ。わたしは無視されると思いながら喋っていた。無視されることには慣れている。反応が返ってきたので、びっくりした。しかも微笑み付きだった。世界一って面白いな、と彼は言った。何が面白いのかわからなかったが、これまで面白いと言われたことはなかった。わたしは、有頂天になったが、有頂天になったときどうすればいいのかわからなかった。とりあえずVサインをした。

そして、冷静になり、少し落ち着いてから、ホテル・サブスクリプションについて話さなかったと、思った。

3

何としても、ホテル・サブスクリプションについて、彼に話さなければと思った。ホテル・サブスクリプションについては、わたしもよく知らない。ただ、何となくわかっているつもりだ。もちろん女が関係している。彼は、女には興味があるだろう。女に興味がない男はほとんどいない。わたしは興味がないということにしている。興味があってもなくてもほとんど関係がない。なぜならわたしは女にもてないからだ。世界一もてないかどうかは不明だ。だがかなりもてないほうだと思う。

女から好きだと言われたことがない。みな他の男は、女から好きだと言われたことがあるのだろうか。どういうシチュエーションでどんなタイミングで言われたのだろう。想像できない。映画なんかでは、よく見かける気がする。男が女を抱きしめ、好きだよと言うと、女も、わたしも好き、と言うのだ。たいていの場合、そういうときは雨が降ったりしている。

ホテルは閑散としている。彼に会って、話さなければと思うのだが、ホテルに人がいない。カウンターには、ビニールの覆いがあり、フロント係は全員マスクをしていた。わたしもマスクをしている。今月辺りから、世界中でマスクをしなければいけないことになった。ホテルにいるとよくわかる。ロビーは閑散として誰もいない。外国人の姿は皆無だし、日本人も極端に少ない。以前は、ロビー中央にあるソファに、誰かを待っている人や、時間を潰している人、わけがわからない人たちがたむろしていた。

プールはとっくに営業をやめている。バーも営業をやめた。レストランも、やっと寿司屋と中華が開店したが、ラストオーダーは何と二十時だ。二十一時には店から出なければいけない。ルームサービスも二十二時で終了した。

エレベーターにいっしょに乗っている人がいない。ずっとわたし一人だった。それは今でも同じだ。氷を取りに行くとき、試しに、誰か泊まっているか確かめてみようと思った。誰か泊まっていたら、夜中なので、「Don't Disturb」の明かりがカードキーの差し込み口についている。恐ろしいことに、あるフロア全体で「Don't

Disturb」の明かりがなかった。あるフロアの全部屋をチェックした。おそらく、誰も泊まっていなかった。やったーと叫びそうになった。だが彼はいない。廊下の明かりが消えることはないが、空調も早く切られる。泊まっているのはわたし一人ではないかと思うこともあったが、いや、それは違う。彼は泊まっているはずだ。彼の部屋は、たぶん特別なスイートルームで、エレベーターに専用のボタンがある。そのボタンは、ある特別なカードキーがないと押せない。

4

似たような状況が、本格的な夏になった今でも続いている。相変わらずエレベーターでは誰にも会わない。ロビーに人がいない。異常だと思う。今は、まだましなのかも知れないと思う。わたしは、週に一日か、二日、泊まるようになった。とにかく彼に会わないといけない。会って、ホテル・サブスクリプションについて話さなければいけない。心なしか、フロントスタッフの態度が違う。大切にされているのではないかと思う。他に泊まっている人がいないのではないか、自分だけではないか、夜、一人で氷を取りに行くとき、このホテルに泊まっているのはひょっとしたら自分だけかも知れないと思う、あの気分が忘れられない。非常によい気分だ。

なぜ彼に会わないといけないのか。それは、プールがまだオープンしているとき、わたしを褒めてくれたからだ。何と言って褒めてくれたのか、忘れてしまったが、確かに褒めてくれた。ああいう人に褒められたことはない。他の一般的な人にも褒められた記憶はあまりない。わたしの会社はとても合理的で、典型的なECビジネス企業なので、わたしが創業グループの子孫であるということで、わたしを褒める人はいない。ちなみにECというのはエレクトロニック・コマースの略で、電子商取引と訳される。要するにインターネットでものを売るということだ。新型コロナウイルスでわたしの会社の売上は上がった。みんなが外に出なくなり、おいしいお茶を自分の家や部屋で飲もうと思ったのだから当然だ。特別ボーナスが出たが、わたしは別にうれしくはなかった。お金は持っているし、買いたいものも、欲しいものもない。風俗店に行くことはなかった。なぜならわたしはいかにも風俗店に行きそうなタイプだからだ。

金は持っているので風俗店では大事にされると思う。だがいかにも風俗店でしか女と遊ぶことができないという姿なので、風俗嬢はそのことを態度で示すだろうと考えたら行く気がしなくなった。

5

VIP用のフロアがあり、キーが違う。ボーナスの使い道も思いつかなかったし、VIP用の部屋に泊まることにした。チェックインの際に、VIP用の部屋に泊まりたいと言うと、変な顔をされた。それは当然だ。他に泊まっている人がほとんどいないというのにわざわざVIP用の部屋をリクエストするのは変わっている人だ。しかもわたしはそれまでごく普通のツインルームに泊まっていたのだ。ファッションもごく普通だし、見かけは非常に悪い。小太りで、背も低い。禿《は》げていないし、歯も出ていないが、髪は頭頂部が少し薄くなっている。父は禿げていた。わたしも禿げるだろうと思う。

ＶＩＰ用の部屋に行くエレベーターで、ばったりと彼に出会った。三十代か四十代か五十代の女性といっしょだった。夜の九時ごろだ。わたしは思い切って、こんにちは、と言ってみた。「作家の人ですよね」と続けて言った。そうですよ、と彼は返事をしてくれた。そして、驚いたことにわたしのことを覚えていた。あなたは世界一か、日本一かは忘れたけどもてない人ですよね。

わたしはびっくりして、頭がおかしくなりそうだった。プールの更衣室で出会ってから、三ヶ月近く経っているのに、わたしのことを覚えていた。そういうことは滅多にないというか、これまでまったくなかった。ＶＩＰフロアでいっしょにエレベーターを降りた。じゃあ、これで、と彼は言って、立ち去ろうとして、あ、そうだ、と振り返り、これからいっしょに飲みませんか、とわたしを誘った。あまり親しくない人といっしょに酒を飲むタイプには見えなかったので、さらに驚いた。「じゃあ、ぼくの部屋で」そう言って、彼は自分の部屋に入っていった。わたしの部屋よりさらに広い部屋で、わたしは、すごい部屋ですね、と思わず言ってしまい、後悔した。すごい部屋ですね、なぜ言ってしまったのだろう。バカみたいではないか。

彼は気にしていない様子だったのでほっとした。彼は、自分でワインを開けた。三十代か四十代か五十代の女性は、ごく普通のファッションで、黒っぽいスカートに白っぽいシャツを着ていた。彼もとても普通で黒っぽいズボンに白っぽいシャツを着ていた。わたしはイタリア製のスーツを着ていたが、上着を脱いだ。「フランスのローヌのワインです」彼はそう言って、わたしにワインを注いでくれた。ワイングラスが二つしかなくて、彼は、自分は普通のタンブラーで飲んだ。わたしと女性にワイングラスを使わせた。彼は、よく見ると白髪があり、手や顔には皺があった。

6

わたしたちは静かにワインを飲んだ。わたしは困ったなと思った。ホテル・サブスクリプションのことを彼に話したかったのだが、女性がいっしょだとまずいのではないかと思ったのだ。ホテル・サブスクリプションというのは、わたしもそれほど詳しくはないが、サブスクの商品のように、女性をキープできるというシステムで、このホテルでもそれが、もちろん非公式に、ホテル以外の勢力によって行われているというようなニュアンスのことだったと思う。サブスクリプションの商品は、一ヶ月いくらで契約して使われる。

以前の新聞屋のようなものだが、インターネットで商品を契約するようになって、さも現代を代表するシステムだと言われるようになった。考えたら下らないなとわたしは思った。なぜそんなことを彼に言わなければいけないと思ったのか。彼のことを誤解していたのかも知れない。女を一ヶ月いくらで契約するシステムがあるというのは、昔の、芸者や愛人とほとんど変わらないではないか。彼はそういうことが好きかも知れないと、誤解したのだ。派手な印象があった。女を何人も抱えているような印象だ。だが、今、彼はワインを静かに飲んでいる。女性も静かにワインを飲んでいる。二人は、たぶんできているのだろうし、夫婦ではなさそうだが、変な感じはしない。不自然な感じがしない。

今日、気分はどうなの？　と女性が聞いた。まあ、普通かなと彼は答えた。普通ならよかったじゃないの、と女性が言う。わたしたちは、部屋の中央にあるソファでくつろいでいる。上品な布張りの、六人掛けの大きなソファだ。ソファは全体が半円形というか、不思議な形をしていて、隙間が空いている箇所に巨大なTVモニタがあり、音を消した映像が流れている。滝や小川の映像。わたしや女性にワインを注ぐのは彼だ。女性は慣れた手つきでワイングラスを手で回している。わたしも真似をしてワイングラスを回したが加減がわからなくてワインをこぼしそうになり、すぐに止めた。おつまみは半円形のソファの中央にあるガラステーブルに乗ったチーズだけだが、いろいろな形と味のチーズがあった。彼は、建材のような、薄いクラッカーみたいなものに上手に手でチーズを乗せて口に運ぶ。

普通といっても普通じゃないんだよ、と彼は苛立ったように女性に言った。わかってるわよ、と女性は足を組み直して言った。二人は会話を楽しんでいるようには見えない。ただ必要なことを話しているという感じだ。彼は、ワインをたくさん飲んでいる。すでに二本目を飲んでいるが、がぶ飲みという感じではない、静かに飲んでいる。静かにたくさん飲んでいるのだ。そういう飲み方をする人をはじめて見た。

7

じゃあ、わたしはそろそろ寝る、と女性が言った。時計を見るといつの間にか十二時を過ぎていた。時間の感覚がない。緊張しているせいだろう。彼と女性の話には、ほとんど参加しなかった。いや参加できなかったというほうが正しい。へえ、とか、はい、とか相づちを打っていただけだ。それにわたしは酒はあまり強くない。一度、彼はワインをわたしのグラスに注いでくれたが、それ以降、わたしがワインをあまり飲まないのを確かめると勧めなかった。たぶん高級なワインなのだろうが、わたしはワインの味がわからない。お茶ならわかるのだが、ワインはわからない。

女性はベッドがあるらしい部屋に行き、シャワーらしき音がかすかに伝わってきた。

ベッドがあるらしい部屋だというのは、リビングルームにベッドがないことでそう判断した。リビングルームにもトイレがあり、彼は二度、わたしは三度、トイレに行った。ちょっと待ってて、彼女におやすみのキスをしてくるから、彼はそう言って、バスルームに行ったが、裸だから入るなと言われたよ、と笑った。彼女にはとても助けられているんですよ、と付け加えた。どういう風に応じればいいのかわからなかったので、曖昧にうなずいてごまかした。そのとき、彼がわたしのことをじっと見たので、曖昧にうなずいてごまかしたのがバレたのだと思い、動悸がしてきたが、あなたのことを何て呼べばいいのかわからなくて、と彼が言ったので、そうではないとわかって安心した。

別にあなたのことを何て呼べばいいかなんてどうでもいいか、と彼が言って、その通りですよ、と言おうとしたが、彼はまったく関係ない話をはじめた。「ポーランド戦の印象は残る、計画性のある仕事、人生ってあるのか、みな行き当たりばったりで生きていて、追い詰められて仕事や人生を選ぶんじゃないのかな」何のことなのか、わからなかったが妙に説得力があって、わたしはバカみたいにうなずいた。だが彼は、わたしがうなずいたことなどどうでもいいようだった。「だからポーランド戦の印象は残るんだよ、たとえば好きな女が、他の男といっしょにいるところを目撃する、あとで、その男はただの友だちで仕事仲間だったことが判明する、ただ、男といっしょにいるところを見たという印象は残る。アウシュビッツがイスラエル建国に役立ったらしいが、だがアウシュビッツの印象は消えることがない」

彼は酔っているようには見えなかった。だがワインをひっきりなしに飲んだ。ひっきりなしにワインを飲むのだが、がぶ飲みという感じはない。落ち着いて、ワインをたしなんでいる感じがする。なぜだろうか。彼は、ワインに対し敬意を抱いているのがわかった。好きなワインなのだろう。わたしにはワインの味や香りはわからないが、彼はおいしそうにワインを飲んだ。もう二本目も空になろうとしているが、飲むペースのようなものは変わらない。ひっきりなしに飲むのだが、ワインに対するリスペクトを感じた。「人にそれほど選択肢はないかも知れない、選択肢があった時代、たまたま選択肢があった時代のメディアがそういった嘘を流すんだと思うな。みな、運命と闘う、映画の主人公たちはみなそうだ。スパルタカスは奴隷だった。脚本はダルトン・トランボだ。キューブリックは三十一歳だった。三十一歳だよ。信じられるかな、三十一歳だったんだよ」

彼は、話を中断し、ちょっと待ってて、と言った。彼女におやすみのキスをしてくるからと、そう言って、ベッドルームのほうに向かった。だが、またすぐに戻ってきた。まだシャワーを浴びたばかりで髪を乾かしているから、入ったらだめだと言われたよと笑顔になった。まるで子どものような笑顔だった。この人はすごくいい人なんじゃないのかと思った。「戦いが必要なときだってある、生き残るためには動物だって戦うだろう、だが生きるために、詩を書くのは、言葉を必要としたのは人間だけかも知れない。みな運命と闘う、相手は運命なので絶対に負ける、でも闘う。重要なのは、闘う価値があると、どれだけそう感じられるかなんだけどね。価値があるかどうかではなく、その価値を客観的に感じられるか、客観的に思えるかではなくて、感じられるかだと思う」

「戦う男はもてるように描かれる、ぼくがいつも思うのは、洞窟時代、戦う男がもてなかったら、人類は存続していただろうかということだけどね。人生で、容認できないこと、とても受け入れられそうにないことがあるときが、結果的に人生を救う、ってことがあるのかも知れない、いや、ないかな。誰でも死ぬときが来る、でも奴隷と自由な身では死ぬときに失うものが違うというのが教えだった、何の教えかというとよくわからない、死ぬときに自由な者は生きる喜びを失い、奴隷が失うものは生きる苦痛だけ、だから奴隷は死を恐れない、だから我々は勝つ、結局は負けるのだが、その教えが滅ぶことはない、その教えは永遠だ、だが今、昔の奴隷は、基本的には存在しないから、大して意味はないと思うんだよね。ところで、人はみな、こういうことはいやだと言うために生きているというのがある、それは正しいと思う」

「自分の人生って他の人と比べてほとんど特徴がなかったんだなって思うのって、どうなんだろうか。逆に、他と比べると、比べることがなくて、普通だと思っていたのに、実際には非常に特別な人生を送った人ってどんな感じなんだろうな。問題は、男として好きではない男と結婚した女のリスク。そのリスクは語られることが少ないでしょう。どうなんだろうね。大抵の女は、自分ってこんなものだろうということで、適当な相手と結婚しているという気がしてしょうがないんだけど、どうなんだろう、それってどこに歪みが現れるのかな。いや、女として、好きな男っていうのはわかりづらいと思う。セックスが合う合わないって、関係ないと思うんだ。好きな男とはセックスはうまくいくからね。その男が、セックスに慣れている場合だけどね。いい曲っていうのは、聞きたいと思う曲じゃなくて、いったん聞いたら止められない曲でしょう。結婚も同じだと思うんだよ、好きな男というのは、いっしょにいたい男じゃなくて、いったんいっしょにいたら別れられない男だと思うんだ」

ちょっと待ってて、と言って、彼は、また、彼女にお休みのキスをしてくると、ベッドルームのほうに向かったが、またすぐに戻って来た。こんどはなぜダメだったかを言わなかった。あと五分待ってくれだってさ、と言った。そして、時計で時間を測りはじめた。よし五分経った、とベッドルームに行き、おやすみ、という声が聞こえてきた。あまり喋りすぎないようにね、という女性の声も聞こえてきた。「疲れちゃうからね」

疲れるからあまり喋りすぎないようにって言われたよ、そう言いながら、彼は戻ってきた。ワインのハーフボトルを新しく一本開けながら、ぼくの新しい小説の話をしてもいいかな、と言った。ええ、ぜひ聞きたいです、と言おうかと思ったが、言えなかった。考えてみたらこの部屋に入ってから、まともに話をしていない。ええ、とか、はい、とか言葉にならない返事をして、あとはうなずいてごまかしただけだ。こんな人間を相手に話をして面白いのだろうか。

「残酷な人生について、書こうかと思ってるんだ。ブルテリアが幼児を噛む、謝罪もなく平然と名刺を渡すブルテリアの飼い主。名刺には、不自然研究会、と書いてある。要するに不自然さを研究し、追求する会なんだ。ブルテリアの歯は全部抜いてあって、幼児は、泣き出すが、もちろん怪我はしてない。犬の歯を抜くなんて、ひどいだろう、でも不自然さを追求する会だからいいんだよ。犬で言うと、だいじょうぶです、噛みませんからとリードを離して叫びながら、ドーベルマンを追いかける飼い主もいる。そのドーベルマンは人を噛むんだ。人を噛んで、保健所で殺される。そのために大人になるまでドーベルマンの子犬を飼う男の話なんだけど、つまらないかな。どう、つまらないかな」

聞かれたと思ったので、いえ、面白いです、と答えようとしたが、彼は、わたしの返事を待たずに話を続けた。「車が来るたびに、友人の誰かを車のほうに押し出そうとする小学生の話、みんな冗談だと思うんだけど、ほら、子どものころって、よくそういうイタズラをするでしょう、車のほうに相手を押しやるんだけど、その子は本当に友だちを走ってきた車のほうに押し出すんだよ、友だちは車にはねられて、大怪我をするか、死ぬ。短編集なんだ」

彼はワインを飲み続ける。さすがに飲むペースは落ちたが、飲むのを止めない。ちゃんとチーズも食べる。チーズを食べるときは、さすがに話が止む。だが小さく切ってあるチーズで、指でつまんで口に放り込むだけだから時間はかからない。柔らかなチーズがあり、それを食べたあとは指を舐《な》める。わたしは、チーズが苦手なので食べなかった。夕食は済ませたので、別に欲しくなかったし、彼も勧めたりしなかった。

彼は、人に何かを勧めようとしないタイプらしい。ワインで酔っているはずだが、話し方が変わったりしない。声が大きくなったり、早口になったり、しない。「初心に返りたくないんだ。ぼくも歳を取ったけど、新しいものを書きたいと思ってて、初心に返ろう、追い詰められて処女作を書いたときに戻ろうなんて思わないんだ。だから新しい小説は、決めてある。人生にはこういう日もある、という感じかな。ついていない日ってある。とにかくついていなくて、ごく普通に、ついていない感じなんだよ。そうだな、靴紐が切れて、転んだら、何か汚いものの上に手をついてしまって、ビルのトイレで洗っていたら、すみません、断水ですと係りの人に言われ、突然水が止まるとか、そういうついてない日について書きたいんだ」

「つまらないかな。つまらないな。誰かの小説にあったかも知れないし、オリジナリティーがない。オリジナリティー云々《うんぬん》という話をするようになったら作家は終わりだなと思う。ぼくはそう思う。さっきの女性は、ぼくが喋りすぎないようにって注意してくれたけど、ぼくは本当はあまり喋らないいんだ。だから、いつもは喉が嗄《か》れている。誰とも話さないときが長いと、人間の喉って嗄れた感じになるんだよ。一週間とか、そのくらい誰とも話さないときがある。話すのが苦痛に感じられる、話すのがバカバカしいと思ってしまう。そんなときも、彼女は心配してくれるよ。何しろ、話さないんだから。ロビー階にあるレストランで、いつも彼女とご飯食べるんだけど、ぼくは話さないからね。彼女が代わりにオーダーしてくれるんだよ。食べるものがいつも同じだから、できることなんだろうけど、今の季節だったら、ガスパチョかな。本場のスペイン料理じゃないので、本格的なガスパチョは無理なんだけど、ぼくは何でも本格的な料理が好きじゃないんだよ。でもいい加減なものも嫌いだ、だからむずかしいんだよ、わかるでしょう」

わかります、と言おうとしたが、言えなかった。わからなかったからだ。根本的な疑問が浮かんだ。彼は、わたしと話したいのだろうか、他の誰でもいいのだろうか、でもわたしのことを覚えていた。世界一もてない男なんです、という台詞を覚えていた。あれはもう三ヶ月前のことで、その間、新型コロナをはじめとしていろいろなことがあった。逆にわたしがあまりに不細工で、頭も悪そうなので、興味を持ってくれているのだろうか。まったくわからない。わたしは何の取り柄もない男だ。それなのに日本を代表するような作家と話をしている。正確に言えば、話はしていない。ええ、とか、はい、とか、相づちを打っているだけだ。別にわたしじゃなくてもよかったのだろう。極端なことを言えば、ペコちゃん人形でもよかったのかも知れない。ペコちゃん人形は、昔、頭をなでるとうなずくので、可愛かった。人形のように、わたしはただうなずいていれば、それで彼は気が済んだのかも知れない。

8

彼の部屋を出た。彼は、ソファに座ったまま、おやすみなさいと言った。もちろんわたしはそれで満足だった。ドアのところまで来て欲しかったというわけではない。彼は、あのあともワインを飲み続けるのだろうか。そんなこと、誰にもわからない。飲むかも知れないし、飲まないかも知れない。時計を見ると、夜中の一時だった。わたしにとっては遅い時間だが、彼にとっては、まだ早い時間かも知れない。そんなこと誰にもわからない。ホテル・サブスクリプションという話題は、結局話せなかったが、そんなこと今となってはどうでもいい。ただ、彼といっしょにいるととてもいい気分だった。話は半分も、いやほとんど理解できなかったが、彼は嘘をついていない気がした。

ＶＩＰフロアは、明かりが落としてあって、冷房もついていない。このフロアには、部屋が全部で五つしかない。他のフロアには二十から三十くらいはあるだろう。このフロアで、泊まっているのは彼とわたしだけだ。それがうれしかった。最後に彼が話してくれたことが印象に残っている。コンプリケーションなんだ、と彼は言った。唯一、この世の中で、意味がある言葉は、それだけだ、コンプリケーション。

ディスカバリー

今夜、彼はディスカバリーについて話すだろうか。ディスカバリーというのは、おもにドキュメンタリーをオンエアしているCATVの放送局らしい。わたしはその名前を知らなかったしその番組を見たこともない。このホテルでは映らない。

「チータの走るスピードを知ってる？　時速百二十キロなんだよ。ただし、百二十キロを維持できるのは五百メートルしかない。その間、心肺機能は何倍かになるけど、クールダウンさせるのにも十五分かかる、大変なんだ。チータはビッグキャットには含まれないんだよ。ビッグキャットに含まれるのは、ライオンと、虎と、レパードとジャガーだけだ。それは喉の組織によって、明確に分けられている。ライオンは、吼えるだろう。その器官がある種がビッグキャットなんだ。チータは吼えない。吼えるチータなんか見たことがないだろう。だからチータとか、あと、有名どころだとアメリカ大陸のピューマとかも、ビッグキャットじゃないんだ」

彼は、よくそういう話をする。もっと詳しい。だがわたしが退屈するのではないかと思っている。だから、話はなるべく短くする。わたしは、彼のディスカバリーの話は、面白いわけではないが、退屈もしない。だから、いつもちゃんと聞く。わたしたちは赤ワインを飲みながら話す。フランスのローヌのワインが多い。彼に言わせると、ローヌはそれほど種類が多くないので選びやすいのだそうだ。ボルドーやブルゴーニュのワインは選ぶのが大変らしい。

わたしは、金融関係に勤めている。邦銀だが、部屋が与えられていて、富裕層と呼ばれる人たちの投資の相談に乗る。かなり長い間、FPの仕事をしていた。ファイナンシャル・プランナーだ。顧客も比較的多く持っていたが、特別なことはしない。付き合いもあっさりとしている。そこがいいらしい。富裕層は、あっさりとしていながら、特別視されるのを好む。わたしの上役の言葉だ。君はぴったりなんだ、と上役は言った。わたしはぴったりなのかどうかわからない。ただ、わたしの好みのプランニングを勧める。自分でもお金があったらしてみたい、というプランニングだ。

「それがいいんだよ」と彼はそう言ってくれる。お前は愛想笑いとかしないし、嘘をつかない、好かれようとは思っていない、だから好かれるんだ。美人だけど、自分が美人だとは思っていない。そういう女って、実は、なかなかいないんだよ。

「ポーランドの話したっけ、いや、ポーランドのワルシャワの、すごく興味というか、興味というのは不謹慎だな、すごく惹《ひ》きつけられるドキュメンタリーがあるんだ。話してないよな」

ディスカバリーでは、動物のことだけを取り上げるのではない。戦争とか、軍事とか、武器とか、歴史上の人物とかもよく取り上げるのだそうだ。彼は、語っていて、つい熱くなることがある。ただし、熱くなっても、口調や態度が変わるわけではない。たいていいワインの酔いのせいだ。その夜も、わたしたちは赤ワインを飲んでいた。ホテルの、彼の部屋だ。非常に広い。リビングだけで百ヘーベはあるだろう。普通に泊まれば二十万以上だと彼は言って、そのあと、自分は特別なカードを持っているので値段は三分の一だと付け加える。こんな部屋に二十万以上払うなんてバカげてる、そう思わないか。おれのカードにはポイントが溜まってるんだ、このホテルが作られたころに常連になったから、カードに、そのポイントを持っている場合に優遇されるポイントがすごく溜まっているんだ、しかもそのポイントは期限がない。つまり四十年前のポイントが今でも有効なんだ。

部屋についての話はもう何度も聞いている。彼も、すでに話していることだとわかっているが、それでもつい話してしまうし、わたしもつい聞いてしまう。わたしたちは、そうやって長い間付き合ってきた。二人とも独身で、だいたい彼の電話かメールで会う。わたしは自分のマンションを持っているし、彼だってこのホテルに住んでいるわけではない。

「ワルシャワゲットーという場所があるんだけど、知っている?」

聞いたことがあるような気がしたが、それは、ワルシャワという単語とゲットーという単語を知っているというだけだと気づいた。なので、知らない、と答えた。

「写真があるんだけど、見る？　いや、それほどシリアスな写真じゃない、ゲットーができたばかりの写真で、何となく、のどかな写真だよ」

彼のPCに収められたその写真は、ユダヤ人のエリートたち数人を撮ったもので、全員が笑い合っていた。

「彼らは、ユダヤの、まあ、何て言うか、作家とか、教師とか、建築技師とかで、インテリなんだけど、ゲットーの、記録を残そうとするんだよ。ほとんど全員が収容所に送られて、ワルシャワゲットーが蜂起したあと、まったく何も残らないということがわかっていたので、いろいろな記録を、手紙とか、絵とか、思い出の品とか、まとめて、箱に入れて、どこに埋めたかがわかるようにして、地中に埋めるんだ」

わたしは、その写真を見て、例の気分になった。

「写真は、これだけにするよ、あとはシリアスなやつばっかりだから」

彼は、わたしが奇妙な気分になったのを、不愉快になったのだと誤解した。わたしは、ワルシャワゲットーだから、例の気分になったわけではなかった。この半年くらいだが、ある種の写真を見ると、そんな気分になる。そのことは、彼に話していない。話したくないわけではなく、自分でもよくわからないことなので、話せないのだ。その写真に写っている人が、年代的に、死んでいることが明らかになると、その気分が訪れる。あまりそういう写真を見る機会はない。典型的なのは仏壇だ。仏壇に飾ってある写真は必ず死者のものだ。仏壇の写真を見る機会がほとんどないのと同じで、他でも機会は少ない。たいていモノクロだったり、カラーがおかしい感じで変色していたりする。考えてみると、死者が写っている写真を見る機会はとても少ない。

「氷、取りに行こうか」

彼はアイスペールを持って、立ち上がった。赤ワインの合間に、冷たい水が欲しくなるときがある。部屋の冷蔵庫には冷えた水やペリエなどがあるが、氷が欲しい。それに製氷機が置いてある階が、一般的な部屋が並んでいる階なので、興味深いのだ。彼の部屋のようにいくつかのスイートルームだけでできている階とは違う。最近、氷が欲しいというより一般的な部屋が並んだ階を観察するために、製氷機がある階を見に行くようになった。

「フロントのやつが嘆いていたけど、稼働率が十パーセントしかないらしい」

コロナのせいで、泊まる人は激減している。製氷室をはさむような形で、ぐるりと部屋が並んでいて、わたしたちは「Don't Disturb」のサインを確かめる。今夜は、一部屋もなかった。レストランもバーもクローズしている時間だし、外に出ても食べ物屋は閉まっているので、宿泊客は部屋にいるはずだ。それで、現時刻はかなり遅いので、「Don't Disturb」というサインが点灯されているはずだが、それがない。

「まるで幽霊屋敷だな」

彼は楽しそうにそう言って笑った。確かに、ホテル全体が呼吸していない感じがした。どこか息苦しさがある。ただし、わたしが死んだ人の写真に感じる気配というのはこれとは違う。何かに包まれる感じではない。死者以外、他人も関与していない。ただ、明らかなことは、死んだ人の写真が与える感情なので、時間が関係しているということだ。

「おれはカバは嫌いなんだ、カバだったら、ワニのほうがいい。ワニは捕食動物だから、緊張感がある。カバは、緊張感がない。カバでよく見る映像は、オスが、二頭、大口を開けてメスを争っているやつだ。カバは水草みたいなものを食べる。それで、これも地味だけど、ハイエナより、リカオンのほうが好きだな。ハイエナはジャコウネコ科で、リカオンは確かイヌ科だった。死肉を漁るというイメージで、同じような仲間ということで言うと、ハイエナよりジャッカルのほうが好きなんだ。ハイエナはジャコウネコ科なので、顔が変わっている。顔で損している。何か、相手の獲物を横取りするような顔をしている。ジャッカルもリカオンも似たようなものだが、イヌ科なので、顔は得をしている。特にリカオンは可愛いよ。ジャッカルも耳が大きくて、可愛い」

彼はディスカバリーの番組に登場する動物の話をしている。これまでに聞いた話も、聞いていない話も混じっているが、何とかが好きだという彼の態度は聞いていて気持ちがいい。ただし、今夜は少し違う感じがする。彼は、わたしの、例の死者の写真のことが何となく気になっているのかも知れない。でもわたしはそれを態度に出すようなことはしない。彼はそういったことには鋭いが、わたしの態度には気づかない。わたしが気分を隠すことに長けているわけではなく、わたし自身、死者の写真が何を意味するのか、気づいていないのだ。

「とにかくおれは捕食動物が好きなんだ。ライオンとかね。ビッグキャットが好きだけど、虎は、映像があまりない。虎は、平原にいないので、見つけるのが大変なんだと思う。虎は、アジアのよくわからない場所にいる。密林でもないし、とにかくサバンナとか平原じゃない。それに群れを作ったりしない。ディスカバリーのビッグキャットの特集でも、虎の映像はとても少ない。しかもいるのが妙な林というか、木が生い茂った場所なので、姿を捉えるのがむずかしいんだと思う。豹は、好きだよ。レパードとジャガーに分かれるんだけど、違いは大してない。しかも、単独で行動して、メスが子どもを連れている以外は、集団での行動はない。豹も、基本、オスは単独で行動するんだけど、オスの映像って、少ないんだ。それは、ライオン以外のありとあらゆるビッグキャットに言えることで、少し変わっているといえば、ライオンくらいだ」

わたしたちは赤ワインを飲んでいる。軽くおつまみを食べる。チーズとかオリーブの実とかだ。以前は二人で二本や三本を空けていたが、最近は一本だけということも増えた。どちらかが提案したということではなく自然にそうなった。わたしも彼も酒は強いほうだが、加齢のせいだと思う。ただ彼は、ワイン半分ではアルコールが足りない場合があり、ウイスキーのオンザロックか、冷蔵庫に冷やしているビールを飲むことがある。いつもわたしのほうが先にシャワーをして先に寝るので、その間にウイスキーやビールを飲むことが多いようだ。

「ライオンは、捕食動物として、生態系のほとんど頂点にいることを考えてみれば、不思議な社会を作っているんだ。だいいちに群れを作っているのは、ライオンだけなんだよ。ハイエナとかリカオンなど、死肉を漁るとされている捕食動物を除けば、群れを作っているのはライオンだけだ。ライオンの映像はたくさんある。サバンナは、欧州に近いし、取材もしやすいんだろう。ライオンって飽きるほど見たよ。ケニアやタンザニアじゃなくて、南アフリカの自然保護区の映像が多い。ホワイトライオンの赤んぼうを主役にしたドキュメンタリーもあった。いずれも、群れを追っている映像だから、大人のメスがメインで、それぞれ子どもを連れている。ライオンのオスは、一定の年齢になると、群れから離れる。だから一頭でいることも多い。兄弟で、二、三頭がいっしょにいることもある。だけど、何ていうのかな、ライオンの群れといっても、微妙に違うんだよな。メスが一頭だけで、自分の子どもを連れている場合もあるし、その場合、父親であるオス以外のオスと交尾をすると、父親でないオスは、交尾の前に、そのメスの子どもを殺してしまう。自分の子どもが殺されることで、メスは発情する。そのあたりのメカニズムは、おれはよくわからない」

彼はライオンの群れに本当に興味があるのだろうか。それとも、興味はあまりないが、話題としてふさわしいと思っているのだろうか。そのあたりのことはよくわからない。彼は、それほど興味があるわけではないことを、時折、熱っぽく語ることがある。ワインのせいもあり、そういうことはたまにある。そういったことは誰にでもあると思う。だが、彼は話が上手だというか、相手を引き込むような話し方をする。熱っぽく語るといっても、声が大きくなることもなければ、口調が変わることもない。唾を飛ばして語るという行為とはもっとも遠い。

わたしは、死者の写真について話すべきだろうか。考えてみると、死者の写真という言い方は違うのかも知れない。当然のことだが、戦死者とかそういう写真でない限り、その写真が撮られたときは、その人は生きていたからだ。さらに、そういう写真は多くない。見る機会は少ない。彼は、第二次大戦下のワルシャワゲットーの写真を見せてくれた。わたしがそういった写真を見ることは、まずない。たとえばテレビでそういった写真が紹介されることがある。死んだ有名人の写真が紹介されることがある。だがそういったときには、わたしにその感情は起きない。なぜならそういった有名人の写真が紹介されるときには、他人の声や、音楽が入っているからだ。余分な情報があると、起きない感情らしい。ふとした瞬間に起きる。昔のＤＶＤのジャケットを見て、その裏側に、主演俳優の写真が載っている、そういうときだ。

『ロリータ』という昔の映画を彼が見せてくれたとき、DVDの裏側に載っている小さな写真を眺めていて、これらの俳優はすべて今は死んでいるのだということが伝わってきた。ピーター・セラーズ、ジェームズ・メイスン、シェリー・ウィンタース、スー・リオン、そういった名前で、わたしは、そのあと、ネットで調べ全員が死んでいることを確かめ、改めてDVDの裏側に載っている写真を眺めた。その写真は、切手ほどのサイズで、三枚あり、一番上に主人公のロリータを演じたスー・リオンが帽子を被り、水着姿で写っていた。その下にピーター・セラーズとシェリー・ウィンタースが写っていて、一番下部にジェームズ・メイスンとスー・リオンが写っていた。

『ロリータ』という作品は非常に有名なもののようだった。ウラジミール・ナボコフという人が原作を書き、それをスタンリー・キューブリックという人が監督した。わたしはそのどちらも知らなかった。ただ、映画はモノクロだったが、面白かったし、ジャケットの裏側に使われている写真が、そのいずれも、印象に残る場面のカットだった。まず一番上の写真だが、ジェームズ・メイスンがはじめてロリータを見るときのロリータで、二番目のものは、有名な劇作家を演じるピーター・セラーズと、それに憧れを抱き、見上げるシェリー・ウィンタースの写真で、一番下部はベッドに横たわるスー・リオンとそれを眩《まぶ》しそうに見つめるジェームズ・メイスンのものだった。切手ほどの小さな写真だったが、なぜか、この人たちは、みな今はもう死んでいるということが伝わってきた。

心が動かされる映画だったというのもあるのかも知れない。それぞれの写真が心象に刻まれている。だが、それだけではなくて、心象に刻まれていない人も、その感情の対象になる。どんな感情なのか、自分でもわかっていないので面倒だ。悲しみとかとは違う。死んでいるのか、まだ生きているのか、わからないときが質《たち》が悪い。その感情が起こるようで、起こらない。そういうとき、『ロリータ』の出演者のように興味をかき立てられたときはネットで調べる。ネットでは調べようがない人もいる。無名の人はネットには載っていない。時間が関係しているのは間違いない。その写真の人が死んでいる、死んでから、微妙な時間が経っている、どのくらいの時間が経っていると、その感情は起こるのだろうか。それについては考えたことがなかった。彼が、ライオンのメスが、自分の子どもを、子どもの父親ではないオスが殺したときに発情する、という話をして、考えてしまった。何か関係があったのだろうか。自分の子どもを殺されたときに発情する、理不尽な感じもするし、自然な気もする。なぜそういったシステムになっているのだろうか。ライオンのメスには悲しみという感情がないのだろうか、と不思議に思ったので、彼に聞いてみた。

「それはわからないな」

彼はそう言った。

「子どもを殺されるライオンは、新しいオスに殺されるだけじゃない。たとえば、ハイエナが集団で襲うんだけど、ハイエナって意外と大きいからな。ハイエナの群れがライオンのオスを襲う有名な映像があるけど、身体の大きさは半分以下だ。その映像では、ハイエナは約二十頭でライオンを襲う、ライオンがやられそうになる、耐久力が違うんだよ、ハイエナは交替でライオンを襲って、耐久力がある。疲れさすんだ。ライオンはしだいに苛立ち、疲れてくる。ハイエナにやられそうになるが、そのとき別のオスライオンが救助に駆けつけ、救うんだ。ただ、その映像に友情みたいなものは感じない。要するに、野生動物は、類人猿の一部を除けば、顔に表情を作らない。痛いとか、寒いとか、暑いとか、喉が渇いたとか、そういう表情らしきものは見せるけど、悲しみの表情みたいなものはない。だから、たとえば、不注意で、ハイエナに子どもを殺されたメスライオンとか、新しく交尾をするオスライオンに子どもを殺されたメスライオンが、悲しい表情をしているかどうか、わからないんだ。それは、ナレーションは、悲劇が起こったと言うし、悲しい音楽が流れたりするけど、メスライオンの感情は、わからない。子どもの死骸は、放っておかれ、やがてそれこそ死肉を漁るハイエナや、ハゲタカに食べられてしまうけど、それをただ見過ごすだけなんだ。それでそのあと、発情して、新しいオスと交尾をする。要は、よくわからないんだよ」

よくわからないんだよ、という言い方が、わたしの中でこだました。そう、よくわからない。死者の写真は、わたしに何をもたらしているのか、よくわからない。どう作用しているのか、どう影響しているのか。不安になるわけではない。発汗や、動悸などの身体的な現象が起きるわけでもない。ただし、何らかのことが、わたしの中で起こっている。時間が関係していることだけはわかる。焦りのようなものがあるわけでもない。死者の写真が、わたしに何かを迫る、たとえば「より良く生きなければならない」とか「今の生き方ではダメだ」とか、そういうことではない。でも、彼に聞いてみようとは思わない。たいていのことは、彼に相談できる。血液検査で悪玉コレステロールの数値が上がったとか、顧客と何らかのトラブルが発生したとか、今住んでいるマンションの近くに新しい建物ができるみたいでそれによっては陽が入らなくなるとか、そういったことを、彼に相談すると、必ず答が返ってくる。悪玉コレステロールの数値は上下動があるから次の検査で薬を飲むかどうか決めればいいとか、顧客とのトラブルは信頼がベースにあることだからむしろそういうトラブルが起こったことを喜ぶべきじゃないかとか、その建物が完全に陽を遮断するとわかったら新しいマンションを考えればいい、とかで、だいたい正しい。答を聞くと当たり前だと思うことでも、きちんと冷静に話してくれる人は少ないものだ。
だが、死者の写真のことは、なぜか相談できない。

「お前、もうちょっとワイン飲んだら」

そう言って、彼はワインを注いでくれる。わたしがワインを注ぐことはない。彼はお酌をしてくれる女性が嫌いらしい。日本酒だけは別のようだが、このホテルでは、和食屋がすべてクローズしてしまった。寿司屋のカウンターもあったのだが、それもなくなった。このホテルの外も、コロナのせいで、営業している店がない。コロナはホテルの中だけではなく、街全体を、眠らせてしまった。ただ、ホテルはルームサービスがあるので、助かる。ワインを買って持ち込み、食事やつまみはルームサービスから取る。メニューはほぼ決まっている。トマトとモッツァレラチーズを前菜として食べ、そのあとはお肉を食べる、豚肉の香草焼きとか、単純にサーロインステーキとかだ。そして、最後にパスタ一人前を二人で分ける。デザートを取ることもあれば、省略することもある。わたしたちはだいたい週に一、二回のペースで会うが、メニューがだいたい同じであることに二人とも不満はない。ルームサービスといってもちゃんとしたホテルなので、それなりにおいしい。しかも、コロナで街が眠ってしまう前も、行きつけのレストランは限られていた。わたしたちは「おいしいもの好き」ではなかった。どうして今、そんなことを思い出しているのだろうか。それにしても、人はワインを一口飲むときに、膨大な記憶を甦らせるものなのだと改めて気づく。気づかないうちに記憶は一斉に押し寄せてくる。

四谷にあった和食屋とか、六本木にあったスペイン料理屋とか、代官山にあったフレンチとか、鮮明に甦ってきた。しかもワインを飲む一瞬に。

「象とか、どうかな。象って、不思議な動物だよな」

彼は、象の話をはじめたが、わたしは象という動物がどんな格好をしているか、すぐには思い出せなかった。

「象って、鼻の筋肉の細胞が一億個か、十億個か、忘れたが、あるらしい。象の鼻って複雑な動きをするだろう。それを支えるために、それだけの細胞が必要らしいんだ。あの妙な皺みたいなやつも、蛇腹みたいなやつも、それぞれが機能しているわけだろう。鼻で、呼吸しているはずだし、水を飲むし、食物の草や葉っぱを巻き取るし、何か、水浴びをしたり、砂浴びをしたりするときも使う、細胞が十億個あるのも、よくわかるよ。ただ、十億個だったかな、記憶が曖昧だな。人間の脳細胞って、大脳皮質の神経細胞の数って、いくらだったっけ。確か百億とか、二百億とかそんなもので、あくまでも大脳皮質のニューロン数なんだよな。脳全体の細胞数じゃないんだよ、脳全体というと、小脳や脊髄にもたくさんの神経細胞がある、小脳だけでも一千億個以上の神経細胞があると言われているし、何か、わけがわからなくなってきたな、そうだ、象なんだ、テーマは象だった。象って、何が不思議かといって、赤ちゃんと、親というか、成長した象と、身体の縮尺が、同じなんだよね。ほとんどの動物は、造作が違うだろう。ライオンだって、チータだって、脚が短かったり、顔が小さかったり、独特の模様が、体毛にあったりする。カバやサイも、そういった傾向はあるけど、カバもサイも、赤ちゃんがなかなかディスカバリーに登場しないんだ。要するに地味だからだろうな」

わたしは、カバやサイもどういう格好をしているか、すぐにはわからなかった。死者の写真のことが影響しているのかと思ったが、そうではないのだと気づいた。よほどの動物好きでない限り、大人になってサイとかカバとかすぐにその姿を思い出せる人は少ないだろう。

「象は母系社会なんだ」

やっと象がどんな姿をしているかを思い出した。赤ちゃんの象と、大人が同じような縮尺だということが理解できなかった。大人の象をそのまま小さくすると、赤ちゃんの象になるということだろうが、わたしは象についての細かいイメージがない。アフリカ象は、アジア象に比べて耳が大きく、牙も大きい、ということを幼いころに学んだような気がする。耳や牙、それにサーカスでボールに乗る足を思い出すが全体をイメージできない。想像してみると、象の足というのは不思議だ。ああいう足は他にない。サイやカバはどんな足をしていただろうか。

「リーダーのメスが群れを統率している。乾期になると水の在処《ありか》とか、すごく重要になって、長い距離を歩いて、リーダーのメスがちゃんと教える。信じられないことに、リーダーのメスは、川床だった場所を知っていて、足で地下に水があるところを知っていて、掘ったりする。水がちょろちょろと染み出てきて、必ず、まず一番小さな赤ちゃんに与える。群れは、大人のメスが数頭いて、あとは、子どもから、赤ちゃんまでいる。象の妊娠期間は二十ヶ月で、いろいろな世代の象が群れにいるんだよ。生まれたばかりの赤ちゃんから、大人になりたてのメスもいる。オスは、子どもしかいない。大人になるとオスは群れを追われる。若いオスの象は、危険だ。なぜか暴れる。木をなぎ倒したり、そのあたりにいるライオンを追い回したりする。なぜか、追い回すのはライオンなんだ。ハイエナとかは追い回したりしない。リカオンも追い回したりしない。サイとかも追い回したりしない。考えてみれば不思議だな。身体の大きさが関係しているのかな。イボイノシシとか、マングースとか、蛇とかもいるんだけど、追い回したりしないんだ。気が立っている象の若いオスが追い回すのは、ライオンに限られている気がする。ただ、ライオンが象を襲うことだってあるんだよ。怪我をした象とか、赤んぼうや子どもの象に限られているんだけどね、ようするに可哀想とか、そういったことがない世界だからね」

わたしはいつものように、先に休むことにした。明日は、仕事がある。バスルームに入り、死者の写真のことは、結局、何もわからなかったし、彼にも言わなかったなと、髪をとかしながら思った。服は脱がない。彼が、言い忘れたことがあると必ず入ってくるからだ。ノックの音がして、ちょっといいか、という彼の声がする。服を脱いだから、もうダメだと言うときもあるが、それでも彼は入ってくる。だから裸にはならない。

「アメリカの海兵隊のことを話すのを忘れた、ちょっといいか」

ドアを開ける。

「朝鮮の、チャンジン湖だっけな、そういう湖があるらしいんだけど、そこである海兵隊の中隊が、極寒の中、すごい戦いをしたらしいんだよ。出てくる現在形の、おじいさんも、朝鮮戦争だから、第二次大戦とかより、ちょっとだけ若い。ベトナムのフエとか、ハンバーガーヒルとかだと、もうちょっと若い。全員が、生き残ったんだよ。激戦地で。その理由を、そうだな、もう朝鮮戦争とかは、七十年前の戦争だし、ベトナムのフエとかも、五十年くらい前の戦争なので、当時のことを語るのは、みなおれより年上だよ、おじいさんだよ、朝鮮戦争で戦った仲間とか、すでにもう死んでるだろうな。それで戦った理由だけど、仲間がいたからだと答えるんだ。仲間が、すべてだったと。仲間と、毎年集まるんだと言ったおじいさんもいた。朝鮮戦争で戦った仲間ばかりで、二百人近くいたんだけど、すでに十数人になっていた。ドキュメンタリーが作られたのは二〇〇五年とか、そのあたりだから、あのおじいさんたちは全員死んでるだろうな。おれは言いたくなるんだよ、仲間の話はわかったから、なぜ、そういう場所で激戦を戦ったのかを考えてみたほうがいいってね。朝鮮のチャンジン湖だったかな、普通そういうところで戦ったりしないだろう。ベトナムのフエで、どうしてアメリカ人が戦わなければいけなかったのか、しかも負け戦だ。当時の映像だから、血が出て、残酷なんだよ。あのおじいさんたち、もう死んでいるだろうな」

「お休みなさい」

そう言って、わたしはベッドに入る。彼は、キスをしに来る、かすかに口からウイスキーの匂いがする。目を閉じると、いろいろな映像が浮かんでくる。カバをはっきりと思い出して、笑みがこぼれる。彼は、DVDを見はじめたようだ。音が少し寝室にも洩れてくる。

「うるさくないか」

彼が聞きに来た。

「だいじょうぶ」

わたしは、そう答える。意外と大きな、窓外のスケートボードの音が聞こえてきた。滑る音と、止まる音。一定のリズムがある。以前は気になったが、今は心地よく感じる。死んだような街で、唯一生きている音だと思う。

ユーチューブ

わたしは今日もユーチューブを見るだろうか。たぶん見るだろう。癖になっているのだ。癖になってしまったものを拒むのはむずかしい。彼女が寝るのを待たなければいけない。ユーチューブは原則独りで見る。彼女といっしょに見たこともあったが、PCの画面が、二人分としては狭い。それに、彼女はわたしが見るものにあまり理解がない。たとえばエディット・ピアフだ。『愛の賛歌』は誰でも知っている。『愛の賛歌』を、ミュージックビデオ風に撮ったものがあり、よくできているのだが、彼女は、ふーん、すごい歌手だね、と言っただけで興味を示さなかった。エディット・ピアフの声が、いかに金属的かを伝えたかったのだが無理だった。

しかし、ミュージックビデオ風の映像を誰が撮ったのだろう。もちろんモノクロで、セットなのかどうか不明だ。ノートルダム寺院だと思われる建物がバックにあり、その周囲を、逆光で顔が見えないカップルたちが歩いていく。帽子を被った男が印象に残る。シルエットになっているピアフも最初逆光で顔が見えない。やがて顔が見えてくる。ピアフは小柄だ。ピアフがまだ三十代か四十代なので映像はひどく古いはずだ。ラスト付近で若い男が現れ、ピアフを抱きしめる。ピアフは幸福そうだ。現実で確か若いボクサーと付き合っていて、彼が急死し、生活が荒れたが、そういう雰囲気はない。

　でも小柄なのに、どうしてあんな声が出るのだろうと思う。身体の大きさと声の質は関係ないのかも知れない。そういう話を彼女にしたが、興味がなさそうだった。彼女とは、このホテルで会う関係だ。午前中の仕事をしているので、文章を書いて生活をしているわたしとは起きている時間が違う。彼女は、銀行に勤めている。だが、カウンターでお札を数えたりする仕事ではなく、自分の部屋を持ち、富裕層の客の相手をしている。いろいろな仕事があり、たとえば絵画の手配をしたりしているらしい。彼女は五十代の後半だが、充分に美しい。わたしは、六十代の後半だが、最近歳を取ったなと思う。わたしも彼女も自宅があるが、会うときはこのホテルだ。彼女との付き合いは長い。一時期、付き合わなくなった時期もあったが、そのあと関係が復活した。彼女は独身で、わたしは若いときに妻を失った。

「もう寝る」

彼女がそう言ったら、その夜はおしまいだ。彼女は、しばらくバスルームにいて、バスローブに着替えてくることがある。バスローブに着替えるだけなのに、二十から三十分もかかることがある。髪をアップにするわけでもなく、バスローブの下は裸というわけでもない。バスローブ姿で、リビングにやってきて、ワインの残りを飲み、もう寝ると言って、その夜は終わる。わたしは、お休みと言いに行きたいが、タイミングがわからない。彼女がシャワーを浴びている間は、バスルームには入れない。この部屋は、バスルームがかなり広い。ちょっとしたシングルルームほどもある。クローゼットがあり、トイレもあって、メイクや身繕いをするスペースもあり、作り付けのでかい風呂桶とシャワーがある。わたしは彼女がバスルームで何をしているのかわからない。ドライヤーの音がしないので髪を洗っているわけではない。

彼女とは、だいたい夕方ごろに会う。会って、食事をするが、だいたいメニューは決まっている。このホテル内で食べる。昔は外に食べに行ったが、コロナが流行ってからはホテルに限定されている。わたしが、ホテルの外で食べるのが億劫《おっくう》になったせいもある。三年前にホテル内のフレンチが閉店する前は、必ずフレンチに行った。そこではシーズンのときは生のトリュフを食べた。ブラックでもホワイトでもいいが、トリュフを二から三センチの厚さに切って、生で、バターと塩で食べる。その食べ方は、あるフレンチレストランのシェフに教えてもらった。ワインは赤に決めていて、ローヌのものを飲む。ローヌのワインにしたのは、数年前だ。ボルドーやブルゴーニュだと種類が多すぎて、また無意味に高価なので避けるようになった。

食事のあとは、だいたい映画を見る。映画を見ている間、レストランで残したワインを飲む。チーズを食べたり、腹がいっぱいになっていないときはルームサービスでパスタを一人前頼むときもある。そうやって、わたしたちの夜は更けていく。彼女に、お休みのキスをしたあと、ユーチューブを見るようになった。酔っているので、適当に選ぶのだが、好みがあって、アフロアメリカンの歌手でもエラ・フィッツジェラルド、サラ・ヴォーンやアレサ・フランクリン、それにロバータ・フラックなどは見ない。聞くのは、ビリー・ホリデイだけだが、それでも多くの曲は聞けない。声が特殊すぎる。以前、わたしはビリー・ホリデイの声を「発情期の雌猫《めすねこ》のようだ」と書いた。そう書いたのはもちろんビリー・ホリデイが死んだあとだった。ユーチューブには、死ぬ直前の『ストレンジ・フルーツ』が録音されている。ありとあらゆる麻薬をやっていたころで、肌に張りはなく、おでこの辺りに大きな吹き出物があった。だが、声は本物だった。バックミュージシャンは、ピアノとベースだけだったように覚えているが、二人ともビリー・ホリデイへのリスペクトがあった。希有な歌手の伴奏をする喜びに充ちていた。なぜエラ・フィッツジェラルド、サラ・ヴォーンやアレサ・フランクリンの歌を聞かないのか。三人とも歌はうまいし、声もいい。だが「発情期の雌猫」のような声ではない。デューク・エリントンの伴奏がぴったりだ。仲間が大勢いそうだ。ビリー・ホリデイはひとりぼっちな感じがする。

みたいなことを、彼女に言ったが、わかってもらえなかった。「声が特別だということはわかる」と言って、「もう寝る」と呟《つぶや》き、バスルームへ行った。わたしはそのとき、ビリー・ホリデイの歌を聞くのを止め、マーロン・ブランドの、若いころから、『ゴッドファーザー』のころの映像を見ることにした。ユーチューブには、マーロン・ブランドだけで何百シーンの映像がある。肖像権の許諾とか、どうしているのだろうか。マーロン・ブランドが、オスカーを取ったときのものもあるし、オスカーを拒否したときのインタビューもある。古くは『乱暴者』から『波止場』などのオムニバスもあり、英語がさほど得意ではないので、意味はよくわからないのだが、それなりに楽しめる。『ゴッドファーザー』は山ほどフッテージがある。有名な司会者が仕切るプライベートなテレビ出演のビデオもあり、いつ頃のものかはわからないが、メイクや、しゃべり方などがちゃんとしているので『地獄の黙示録』のころではないかと思った。そのテレビでは、マーロン・ブランドのファッションが変だった。黒ずくめだったのだ。黒のジャケット、黒い光沢のあるシャツに黒の細身のネクタイ、異様だった。似合ってなかったし、この人はファッションに興味がない、あるいはそのテレビ番組に対するリスペクトがないのかどちらかだと思った。

そのあと、そのビデオを見た。マーロン・ブランドが、ひどく年老いていた。著名なテレビパーソナリティからインタビューを受けているのだが、歯がまともではないらしく何を言っているのかはっきりしない。髪も、薄くなっていて、しかも垂れるように薄かった。短パンのようなズボンを着て、サンダルを履いていた。短い時間しか見なかったので、マーロン・ブランドが何を話したのかまったく覚えていない。デビューのころ、世界一のハンサムと評された男はどこにもいなかった。わたしは動悸がして、ユーチューブを切った。なぜ動悸がするのだろうかと不思議だった。動悸はしばらく続き、わたしはウイスキーを飲んだ。製氷機から氷を持ってきておいてよかったなと思った。いつもグレンリベットの21年ものを飲む。甘い香りがして好きだ。アイスペールから氷をグラスに移し、ウイスキーを注ぐ。一口飲むと、動悸が治まり、今夜、彼女と見た映画が甦ってきた。ひどい映画だった。わたしは途中で、こんな映画はイタリアの恥だ、と怒り出し、彼女は、いつものことだという風に冷静だった。『マレーナ』というタイトルで、比較的新しい映画だった。

「この映画は、イタリア映画が持つ、魅力のようなものの残骸でできているんだ。この監督は前作で成功したから、どうすれば世界で受けるか知っている。だから世界中で受けるような演出をする。あのガキが台無しにしている。あのガキが最低だ」

そんなことを言ったが、彼女はいつものことだという風に、そうだねと相づちを打って静かにわたしを無視していた。そんなことを思い出しているうちに、ウイスキーが気持ちよく喉を滑り落ちていき、心地よい酔いが腹から上がってきて、マーロン・ブランドのサンダル履きの映像が甦った。デビューのころ世界一のハンサムだと言われた男の映像と交互に脳裡《のうり》に映った。それは、時間だった。すでに流れた時間だ。取り戻すことはできない。わたしとも重なる。わたしは六十代の後半で、もう七十歳に手が届く。文章を書く人間としてデビューしたのは早かった。二十四歳だった。そこから時間が流れている。多くの作品を書いたが、それは関係がない。作品は墓標というか墓石のようなものだ。今も時間が流れている。マーロン・ブランドの時間は止まってしまった。わたしの時間も止まるときが来る。

「じゃあ、行ってくる」

朝、彼女は仕事に出かける。わたしはパジャマを着ている。彼女が部屋を出て行ったあと、テーブルの上を片づける。昨夜の残骸を捨てたり、ラップに包まれたチーズやつまみなど取っておけるものは専用のボックスに入れる。わたしはホテルに預けるためにワイドストッカーを用意している。DVDや酒類、つまみなどを保存しておく。テーブルの上を片づけて、睡眠薬を飲み、もう一度寝るのだが、その日はなかなか寝つけなかった。寝つけないとき、睡眠薬は効いているので、イメージが交錯する。一種の拷問だと思う。何にもできない。本なんか読めるわけがないし、メールもネットもできない。女を思い浮かべるが、いやな思い出ばかりなので、すぐに止める。

やっと寝つけたが、すぐに起きてしまい、電話機が点滅していて「ボイスメッセージを聞きますか」という機械音が聞こえてきた。誰からのメッセージも聞きたくないと思い、ボイスメッセージを消去、のボタンを押した。結局、その日は夕方近くまで寝ていた。睡眠薬のせいで頭が重く、いつもと同じだなと独り言を言った。本当にいつもと同じだったのだ。

「今日、お客さまに誘われた」

その夜、彼女がそう言った。男の客だろうと思ったのが、そうではなく、女性の年下の客からミュージカルに誘われたらしい。なかなか取れないチケットなのだが、連れが突然コロナに罹《かか》ってしまったということだった。今日は用があるので、と断ったそうだ。

「じゃあ、今日はウクライナ映画を見よう。戦争映画だけどいいかな」

夕食のとき、わたしはそう言った。じゃあ、って何？　と彼女が聞くので、お前が客のリクエストを蹴っておれと会うことを選んだからだと答えると、だってそれは普通だよ、と言った。

「今日は用があるって言ったんだから、その通りで、普通でしょう」

今日のファッションはいつもと少し違った。いつもは黒系統が多いのだが、今日は襟とかにくすんだ赤のラインがある。ファッションを褒めようかと思ったが、ふだんそんなことしたことがないので、どう言えばいいのかわからなくて、結局何も言わなかった。ローヌの赤ワインを飲み、カフェでパテ・ド・カンパーニュを食べる。ワインは持ち込みだが、何も言われない。彼女が興味深い顧客の話をした。七十九歳らしいが、いまだに会社を経営している。だが娘との折り合いがよくないらしい。娘は離婚して、海外に行ってしまい、連絡がなかなか取れないのだそうだ。顧客は、結婚していて、二度目の妻は、娘より若い。渋谷に屋敷があり、彼女はよく招待されて行く。よく手入れされた庭があり、離れがあって茶室になっている。茶室は使われていないのだが、道具などはいつでも使えるようにしてある。渋谷なのに、庭は静寂が保たれている。彼女はその屋敷の応接室で、経営者の妻が淹れた紅茶をご馳走になる。器は常にヘレンドで、見たこともない模様のものが出る。紅茶はアールグレイで、ミルクを入れる。雨が降っているときの茶室はきれいだ、と彼女は言う。経営者は、茶室を眺めながら、娘の話をする。娘が小さかったとき、よくお茶を点《た》ててくれた。お互いに何も喋らず、ただお茶を飲んだ。娘がいつ帰ってきてもいいように茶室は常に整えられているのだそうだ。

「どちらがどちらか、わからないわね」

ウクライナ映画は東部地方が舞台で、敵と味方がわかりづらかった。イロヴァイスク市の占領を巡って双方が戦うのだが、どちらも同じようなファッションだし、顔つきも同じだ。親ロシア派の反政府軍と、ウクライナ義勇軍のドンバス大隊が戦っているが、どちらがどっちなのか、映画に集中しないとわからないが、赤ワインのせいでそれがむずかしい。結局ロシア軍の参戦で、ドンバス大隊は包囲され、どうやら停戦が合意され「人道回廊」を通って撤退を開始するが、約束は守られずロシア軍は平気で攻撃する。そんなことは常態となっているのだろう、ドンバス大隊はほぼ全滅するが、文句は言わないし、言う間もなくやられる。生き残った兵士二人が、ゴミ捨て場に落ちていたオレンジジュースを飲んだりして逃れ、何とかしてウクライナ軍の基地にたどり着くところで映画は終わる。淡々とした映画で、わたしは気に入ったが、彼女の反応はわからなかった。面白かったなとわたしは言ったが、そうね、という返事が返ってきただけだった。

「ところで、ユーチューブは、今でも見てるの？」

見てるよ、とわたしは答えた。

「わたしが知ってる人とか見てる？」

見てるよと言って、どういった人とか、バンドとかを言えばいいのかわからなかった。だいたい十歳近く離れているので、彼女が知らないバンドとかも多い。赤ワインの酔いも手伝ってどういった人物やバンドのことを話せばいいのかわからない。ビートルズとかローリング・ストーンズとか、ドアーズとかは見ないんだよとわたしは言った。ジミ・ヘンドリックスとかも見ない。そういった有名どころというか、自分が好きだったミュージシャンは、どういうわけか、見ない。なぜなのか、考えたことはなかった。音楽自体が好きで、ビデオクリップは見たくないのかも知れなかった。ボブ・ディランとか、サイモンとガーファンクルはよく見た。ジャック・ニコルソンが司会で、ディランとキース・リチャーズとロン・ウッドが出演するものがあったが、一回しか見ていない。レナード・コーエンは何度か見た。ザ・プラターズは何度も見た。見るたびにメインの歌手が違っているような気がしたが、ビデオがアップされた年代が違うのかも知れなかった。初期のものはモノクロで、一人だけいる女性が若くてきれいで、着ているものがぺったりとしていて安物に見えた。『トワイライト・タイム』を何度も聞いた。わたしが二十六歳で映画を作ったとき、その曲を使った。

彼女に、シカゴを知っているかと聞くと、もちろん知ってるよと答えた。だが、シカゴというバンド名にまつわる逸話と、彼らのヒット曲は知らなかった。シカゴは最初、シカゴ・トランジット・オーソリティというバンド名だった。シカゴ交通局という名前だが、本当のシカゴ交通局から訴訟を受け、バンド名を「シカゴ」と短くした。『アイム・ア・マン』というスペンサー・デイヴィス・グループが作った曲をやっていて、ギターソロと、ドラムソロが入っていて、シカゴの特色だったホーンセクションは出番がなかった。出番がなくてもバンドは仲がいいように見えた。音楽的にも高いような気がした。音楽が好きで上手な若い連中がバンドを組んだということが伝わってきた。ホーンが入ったロックには他にブラッド・スウェット＆ティアーズというのがいたが、老けた感じがして好きではなかった。

「絶対に見ないアーティストとかいる？」

彼女がそう聞いて、いると答えた。チャップリンだ。チャップリンのビデオも多数アップされているが決して見ることはない。映画も見ない。性格の悪さが画面に出ている。ウッディ・アレンとかヒッチコックとかと似ている。イーグルスはユーチューブを見はじめたころ『ホテル・カリフォルニア』だけを何度か見た。実際にはイーグルスはリアルタイムではほとんど聞いていない。『ホテル・カリフォルニア』のギターは年代的にいくつものバージョンがあるがフレーズは全部同じだ。ただしギタリストは変わっているような気がする。一人、煉瓦《れんが》模様のスーツを着た人がいて驚いた。同じフレーズを弾いて飽きないのだろうかと思うが、あれだけのヒット曲になると同じフレーズでないとファンが許さないのだろう。

サウンドトラックからの、映画のシーンもたまに見る。『ブーベの恋人』のクラウディア・カルディナーレの笑顔は素敵だ。相手役のジョージ・チャキリスはきれいな顔をしている。わたしはキューバで映画を撮ったが、その映画のメインの役として年老いたジョージ・チャキリスがオーディションにやってきて、ロスで会った。出演料が高くて契約はできなかったが、静かな物腰が印象に残っている。ヴェルヴェット・アンダーグラウンドと組む前のニコの映像も、ローリング・ストーンズのブライアン・ジョーンズといっしょにいるものを見た。

ローリング・ストーンズについて、わたしはああいう連中は好きではないというニュアンスで紹介したエド・サリバンショーのようなテレビ番組を、ディーン・マーティンの司会で見た。ああいう言われ方は慣れてるから平気だ、という意味のことをキース・リチャーズは言っていた。ディーン・マーティンは、フランク・シナトラと共演のショーでよく見た。そして、ディーン・マーティンは、ロスのビバリーヒルズのレストランで何度か実際に見かけた。わたしの本の翻訳者と、いつもそのレストランで食事をした。セレブが来るような、椅子も立派なレストランで、ある時間帯になると『エブリバディ・ラブズ・サムバディ』というディーン・マーティンのヒット曲が流れ、わたしは「あの人、ディーン・マーティンじゃないかな」と翻訳者に言って、彼は「ちょっと待って、見てくる」と席を立ち、トイレに行くついでに観察してきた。ディーン・マーティンはいつも一人きりだった。そして同じ席だった。ウェイターが教えてくれたのだが、飲み物はカティサークのオンザロックで、食べ物はイタリア風サラダとトマトとバジルのスパゲティ、それにティラミスらしかった。必ず同じものをオーダーする。その店で数回ディーン・マーティンを見たが、あるとき、見なくなった。そのとき店は混んでいたが、いつもの席は、空けてあった。

「見なくなったということは死んだのね」

そう、見なくなったということは死んだんだ、わたしは答えた。曲によっては彼女には言いづらいこともあった。ソフト・マシーンの『ムーン・イン・ジューン』だが、ロバート・ワイアットという天才ドラマーがこの演奏のあと事故で下半身が麻痺した。彼のドラミングは特別だった。わたしはロバート・ワイアットというドラマーについて話したかったのだが、彼女はその名前も知らないし、ソフト・マシーンというバンドも知らない。ロバート・ワイアットというドラマーの事故でわたしがいかに悲しい思いをしたか、伝えようがない。カレン・カーペンターのドラミングも素晴らしかったが、彼女は拒食症で死んだ。カーペンターズは、ソフト・マシーンとは違い、ヒット曲で時代を作った。多くのヒット曲があることが才能の大きさを示していると思う。ホリーズはわたしの知っている限り『バス・ストップ』しかないし、スリー・ドッグ・ナイトは『オールド・ファッションド・ラブソング』が目立つだけだし、ムーディー・ブルースは『サテンの夜』だけで、ボズ・スキャッグスは『ウィー・アー・オール・アローン』だけだ。

『ウィー・アー・オール・アローン』には思い出がある。半世紀前のこと、わたしは初恋の人と、文通していた。郷里の九州の街からは離れ、横田基地のそばでデタラメな暮らしをしていたが、それからも逃れ、中野区で暮らしていた。そういったころに、わたしは文学賞を受賞し、本が売れ、その出版社宛に、手紙が来たのだった。わたしはあまり元気ではありません、書き出しはそんな手紙だった。元気ではないのでポール・サイモンの歌よりも、トム・ウェイツのほうが今の気持ちには向いているようです。あとボズ・スキャッグスかな。わたしはあなたも知っている通り結婚しました。夫が浮気をしていることを知りました。責める気力もなく、そのままで暮らしています。ボズ・スキャッグスの『ウィー・アー・オール・アローン』を聞くと涙が出てきます。いい歌ですよね。いい歌なのに泣いてしまうわたしがいます。返事には夫の浮気については書かないでね。


「氷を取りに行こうか」

製氷機のある階まで二人で行く。アイスペールに氷を入れ、製氷室から出たとき、すみません、という言葉が聞こえてきた。すみません、ぼくのこと覚えてますか。部屋で一度だけいっしょに飲んだ男だった。確か、世界でいちばんもてない男だと自己紹介した。背が低く、確かにもてそうではなかった。

「すみません、どうしても聞いてほしいことがあって」

男は、いいスーツを着ていた。わたしが泊まっているのがどうしてわかったのだろう。

「車が駐まっているのを見たんです。すみません。きれいな赤の車ですよね」

わたしが製氷室に現れるまで待っていたのだろうか。

「最初に、お会いしたときから、車が駐まっているのを確かめて、何度か氷のところまで来たんですが、今夜は偶然会えました」

すみません、すみません、すぐに消えますから、すみません、すみません。と男はすみませんを連発する。

「ゼレンスキーって知ってますか。ウクライナの大統領です。あいつはいずれ馬脚を現しますけど、何もしてないんです。お金と武器をせびるだけです。あいつはわたしと体格的に似ているでしょう。ああいう体格のやつって何もできないんです」

わたしはしばらく黙ってから言った。そういったことは、今、言わないほうがいいよ。

「わかってます。それで、わたしはユーチューバーになります。わたしみたいなのがもてはやされるんです。会社も辞めました。創業者の一人だったんですけど、会社、辞めたんです」

今日はこれで失礼するよ、そう言ってエレベーターに乗った。今日は宿泊客がどのくらい泊まっているか確認する時間がなかったなと思った。いつも氷を取りに行くときに、「Don't Disturb」のサインを確かめる。レストランもバーもクローズしている時間だし、外に出ても食べ物屋は閉まっているので、宿泊客は部屋にいるはずだ。それで、時刻はかなり遅いので、「Don't Disturb」というサインが点灯されているはずだが、それを確かめる時間がなかった。フロントの知り合いが、稼働率が四割に戻りましたとうれしそうに言った。四割でも経営は苦しいはずだが、以前のような一割とかよりもマシなのだろう。


「なんか、疲れちゃった。もう寝ようかな」

ワインを飲んでからにしろよ、わたしは彼女にそう言った。彼女のグラスにはワインが残っていた。わたしは、持ってきた氷でウイスキーを飲む。わかったと言って、彼女はワインを飲む。ワインを飲み残すとわたしが不機嫌になるのを知っているのだ。

わたしは突然、不機嫌になり、怒り出すことがある。今日のウクライナ映画は面白かったが、ひどい映画だと必ず怒る。最近だと『マレーナ』という映画で怒った。何か我慢できないものがある。そういった映画は何かをごまかしていると思う。

「わたし、明日仕事だから」

そう言って、彼女はベッドルームに行った。彼女がバスルームから出て、お休みのキスもしたし、灯りをPCの周囲だけにして、ウイスキーを持って、移動する。ユーチューブを見る。何を見るかなとかは考えない。ユーチューブのほうで、選んでくれる。これまでわたしが見た映像が、ずらりと出てくる。サッカーのビデオ、ロナウジーニョとかヨハン・クライフの映像、ボクシングのビデオ、モハメド・アリとかマイク・タイソンの映像、バスケットのビデオ、マイケル・ジョーダンやシャキール・オニールの映像、それぞれが適当に音楽や映画の映像に挟みこんである。

ただし、ユーチューブの映像と音に少し飽きている。これまでわたしが見た映像がずらりと出てくるが、意外と醒めている。最初は、たとえばスコット・ウォーカーか懐かしいなと思って見る。いい声だった。だがそれだけで、二回、三回と聞くとなぜか飽きる。ルイス・ボンファとカテリーナ・ヴァレンテが共演している貴重な映像がある。もちろんモノクロだ。ルイス・ボンファはブラジルのギタリスト兼作曲家で有名な『黒いオルフェ』のテーマがあり、カテリーナ・ヴァレンテは美貌の歌手だが、両親がサーカスにいたので、ヨーロッパ中を旅し、フランス語、英語、スペイン語、ドイツ語、イタリア語で完璧に歌った。とにかく美人だった。ただルイス・ボンファは『黒いオルフェ』の、『カーニバルの朝』しかないし、カテリーナ・ヴァレンテはいろいろな人と共演しているが、器用なので、サービスが過ぎる傾向がある。あとカテリーナ・ヴァレンテは痩せていて、とても上手なギターを弾くのだが、あまり胸がない。わたしは、つい昔付き合った女性を思い出してしまう。その人は、人の目につく職業で、美人であり、みんなから評価を得ていたが、胸がなかった。乳房が小さな女性は嫌いではない。だがその女性は、乳房がなかった。若かったので何とかセックスしたが、しだいに興味が失せていった。カテリーナ・ヴァレンテは小さいけど乳房がある。だから顔の美貌が目立つ。

やはりあの映像しかないのか、わたしはそう思った。それは一九四八年の映画で、『にがい米』というタイトルだった。面白い映画かと言えば、それほどでもない。だが妙な迫力があった。北イタリアで田植えから収穫までを描いたもので、まず列車で大勢の女が到着するところから始まる。その映画に当時十八歳だったシルヴァーナ・マンガーノが出ている。劇中で、ダンスを踊る。子どものころバレエを習っていたということで、振り付けも素晴らしいし、そのダンスがわたしは好きだった。ブギウギだと映画では紹介されるが、ジルバのようでもある。シルヴァーナ・マンガーノは、後年よりも太めだが、それは若さのせいだろう。太股《ふともも》とかはち切れんばかりで、髪をかき上げるシーンで、脇毛が見える。脇毛を狙ったわけではないと思う。一九四八年には脇毛を剃る習慣が単になかったのだろう。わたしは一九五二年生まれだが、母をはじめ脇毛を剃っている人はいなかった。だがそのシルヴァーナ・マンガーノの脇毛は絶大な意味を持っている。可愛いし、脇毛が見えるのはほんの一瞬なのだが、印象に残る。生命力だ。十八歳の女優は、そのダンスの中で、笑顔や、戸惑った顔や、男を誘うような表情を見せる。そのすべてが、声を発することができないような魅力がある。シルヴァーナ・マンガーノは若くして大プロデューサーと結婚し、大女優となった。だが、わたしにとっての彼女は『にがい米』の、ダンスをする十八歳だ。ユーチューブで何度見たかわからない。飽きることはない。生命力に飽きる人はいない。

ユーチューバー　書き下ろし
ホテル・サブスクリプション　「文學界」二〇二一年二月号
ディスカバリー　「新潮」二〇二一年九月号
ユーチューブ　「文藝」二〇二二年秋季号

村上龍（むらかみ・りゅう）
一九五二年長崎県生まれ。
一九七六年『限りなく透明に近いブルー』で第七五回芥川賞受賞。
『コインロッカー・ベイビーズ』で第三回野間文芸新人賞、
『半島を出よ』では第五八回野間文芸賞、第五九回毎日出版文化賞を受賞。
『トパーズ』『ＫＹＯＫＯ』ほか映画化・監督作品も多数。
最新作は『ＭＩＳＳＩＮＧ　失われているもの』。
メールマガジン「ＪＭＭ」を主宰、
「カンブリア宮殿」（テレビ東京）にメインインタビュアーとして出演。

ユーチューバー

二〇二三年三月三十日　第一刷発行

著者　村上龍
発行人　見城徹
編集人　石原正康
編集者　森村繭子
発行所　株式会社　幻冬舎
〒一五一-〇〇五一　東京都渋谷区千駄ヶ谷四-九-七
電話　〇三(五四一一)六二一一〈編集〉
〇三(五四一一)六二二二〈営業〉
公式HP https://www.gentosha.co.jp/
印刷・製本所　中央精版印刷株式会社

検印廃止

万一、落丁乱丁のある場合は送料小社負担でお取替致します。小社宛にお送り下さい。本書の一部あるいは全部を無断で複写複製することは、法律で認められた場合を除き、著作権の侵害となります。定価はカバーに表示してあります。
©RYU MURAKAMI, GENTOSHA 2023
Printed in Japan ISBN978-4-344-04102-8 C0093
この本に関するご意見・ご感想は、下記アンケートフォームからお寄せください。
https://www.gentosha.co.jp/e/